kanashimi ni oboreru

悲しみに溺レル

橋爪駿輝

天井には染みがある。黒い染み。昨日は、蠅《はえ》みたいな形をしていた。

ここからは遠い、遠い、わたしの家。そばに波のうねる日本海が広がり、海岸線におっきな工業団地があった。道路と敷地の間を鉄条網が区切っている。その、潮風で錆びた網の付け根は浅い側溝になっていて、妙な色をした水がいつも溜まっていた。冬を越すと、そこからうじゃうじゃ湧いてでるぶっくりと肥《ふと》った蠅。染みは、そんな蠅を叩き殺してこびりついた死骸のようにも見えた。

けど、白い靄《もや》をくぐりぬけ、まぶたを開けた今。染みは人の顔のようになっていた。人の顔のようだと感じるのに、じゃあ誰の顔に似てるのかはわからない。昨日蠅の胴体だった部分が顔の輪郭で、羽だった部分は耳の形になっている。染み自体にはかすかな濃淡があって、その薄いところはぱっちり二重の瞳。

いいな。わたしも整形したい。奥二重なんて意味がない。涙ぶくろもほしい。ヒアルロン酸を入れたい。蠅から、ぱっちり二重の顔になった染みがゆっくりと回転していく。いや。回転してるのは染みじゃない。わたしだ。わたしの曖昧な視界のほう。

笑いながら――のこと殴ってたんだよ、あいつ。

明らかにわたしの声じゃないのに、わたしの身体の奥から鳴ってる気がする。

自分で見たわけちゃうやろ。

でも——が言ってたもん。

——もどうせ誰かから聞いただけや、捕まったの——だったやん。まだ十五とかそんくらいやし、二、三週間で戻ってくるやろうけど。

ふたつの声は揺らめいていた。山なりに乱れた枕カバーが耳の裏側に触れてくすぐったい。喉が渇いていた。ペットボトルを探そうとして、手に力が入らないことに気づく。勝手の利かない自分の腕って他人の死体みたい。指先、剥げかけた紫色のネイルが間接照明に反射して光り、気持ちわるい。そもそも、人間の手の造形自体からして気持ちわるくなってくる。やばい、病みの連鎖。これ以上バッドに入りたくない。しかたなく目を閉じると、視界は回転を止めた。で、やっぱり声だけが揺らめいていた。

——がね、また新しいホスト推してるって。つぶやき流れてきた。

アホやな。どうせ売れそうにない奴やろ。

それがいいんじゃん？　どうせ沼がほしいだけだもん、あいつ。

また斡旋したるかぁ。人助けも疲れるわ。それで勝手に溺れときゃええねん。

ベッドから上体を起こすと、床に座っているハルの蕩《とろ》けた瞳と視線が合った。金具か強力な接着剤かで固定され開くことのないホテルの窓から日が射《さ》し込み、白い素肌にサテン生地のキャミソールが美しく映えていた。額で分けた前髪はまばらな緑色をしている。こめかみにうっすら青い筋が浮いていて、いつかわたしはそれに触ってみたいと思っている。

「おはよ」

そう言ってハルが微笑む。

「よおくそんな寝れるねぇ、ジウは」

「まぁね」わたしがいうと、どこのツボに入ったのかハルは大きな声で笑い出す。

壁掛けテレビのすぐそば。ガラス製の小さな丸テーブルの上に、わたしがサンドラッグから万引きしてきたエスエスブロン糖衣錠の瓶が二つある。ひとつは空っぽ。もうひとつはガラス板に転がり、残った白い粒がこぼれ出ていた。

視界の隅ではコタロウがぶるぶる震え、もともと部屋の入り口の脇にあったのを三人で苦労し奥まで運んだ二人掛けのソファに、深く凭《もた》れてなにか唸《うな》っている。

「あんたもうパキってんのぉ?」

ハルが指をさす。その、ほそ長い人差し指の途中で指輪がきらめく。トモヨ・ヨシダの緩やかな曲線を描く銀の輪。コタロウがハルに贈った誕生日プレゼント。

ソファの肘掛けには灰皿が置いてある。その上方で、コタロウの持つ煙草が小刻みに揺れ、灰は雪の結晶みたいに落ちていく。

掛け布団に埋まっていたペットボトルの水を飲みながら、わたしはそれを見ていた。

「なんか流す?」

スマートフォンを片手に、スプリングの利いたベッドから飛び降りる。ごわついたカーペットが足の裏に触れる。ちょうどわたしのつま先との線上。たたみもせず放ったままの服が山になっている。この部屋を彩るわたしたちの抜け殻。昨日。一昨日。一昨々日——たぶん、一週間分くらいの、わたしたちの生活の抜け殻。

「うちあれがいいな。Vaundyのさぁ。菜奈ちゃんが踊ってるやつ」

「おけおけ」

画面をタップし、「踊り子」を再生する。ハルが、きゃあっ、と子どもみたいな声を上げ、立ち上がろうとしてよろける。バランスを崩しそのまま服の山へとダイブする。

オーバードーズしながらこの曲を聴くと、自分が遊園地になった気分になれるんだぁ。ハルが以前、こっそり教えてくれた。遊園地のなんになれんの。メリーゴーランドとか?そう聞いたら、「なにってなによ。遊園地は遊園地でしょ。そんな馬の機械になれてなにが楽しいわけ?」と不思議そうに返されてわたしのほうが困った。

ハルは今度こそ立ち上がり、リズムに乗って楽しそうに踊っている。床に落ちた服を拾っては宙に投げながら。跳びはねるとキャミソールの裾が揺らいでハルのほのかに赤らんだ膝がちらついている。わたしはまだ、わたしが遊園地になる気分を味わえたことはないけど、ハルが楽しそうならそれで充分だ。今のハルも自分が遊園地になった気分になれているだろうか。

そんなハルを、ソファのコタロウが怯えたように窺《うかが》う。

「ビビってんの？　ねぇ、ママでも呼ぼうか？」

コタロウは長い前髪を垂らし俯《うつむ》いたまま答えない。床に落ちた薄手のブラウスに足を滑らせハルが転ぶ。長い髪がぶわり、花でも咲いたように広がる。綺麗だと思う。転んだまま両手を広げてハルは天井を見ている。ハルにあの染みはなんの形に見えるのかな。コタロウの灰皿には吸い殻が幼虫みたいに犇《ひしめ》いている。仰向けになったまま、あははぁ、とハルが声を上げている。

ここは王国だ。わたしたちの王国。

理不尽な親も、知ったような口で説教してくる教師もいない。帰る場所のないわたしたちがこの街で偶然出会ってつくった国。

日射しが傾いていく。それにともない部屋は橙色に染まり始める。角にうずくまったコタロウの顔を区切るよう、斜めに翳《かげ》りが走る。飛び跳ね狂ったように笑いながら夕陽を浴びてきらめくハル。急に大人しくなってキャミソールの下からパンツをずらし真っ直ぐ伸びた長い脚を抜くと、ユニットバスの扉へと消えた。尿がチチチチとトイレの便器にぶつかる音が聞こえる。スマートフォンから勝手に流れているミックスリストの曲はすでに誰のものかもわからない。

二枚あるカードキーの一枚を財布にしまって、部屋を出た。

エレベーターを降りた。いつも何か言いたげな目を向けてくるフロントの受付の前を通り過ぎる。

一階にはちょっとしたレストランがあるが、これまで使ったことはなかった。

外へ出るとむっとした熱気がまとわりつく。きっとすぐ、背負ったリュックで蒸れた背中は汗で濡れるだろう。という思いを、リストカットした画像と一緒にＳＮＳへ投稿したくなって我慢した。グロい画像ばかりアップしていると妙なＤＭが届く。〈一緒に死のうよ。好きだよ〉みたいな。誰だよ。お前のこと知らねぇし。

とりあえず、斜め上にスマートフォンを構えてインカメラのシャッターボタンを押す。ピコッと間抜けた効果音。画面に映ったわたしは実際のわたしよりよっぽどマシで、それをさらに加工していく。

〈寂しーぃぃ。だれかきて♡ぴえん〉

これに画像を添付すればアップ完了。目は約一・五倍。顎の線も理想的にそぎ落ちたわたしが今日もまたＳＮＳの中で生まれる。

この街は、夜になってもずっと明るいからいい。

厚いブーツの底を鳴らしながら歩いていく。すれ違う顔たちは無限にあって、無限にあるものはないのと同じだと感じてしまう。けど、寂しさはなかった。ないのと同じ顔も、声をかけるか、かけられるかすれば「ある」ものとして目の前に顕《あらわ》れる。

だからほんとは独りじゃない。だからこの街では時間をやり過ごせる。

ただ、街全体にただよう妙な臭いにはどうしても慣れなかった。アルコール。汚物。香水。食べ物——それらが混じり合って、べつの新たなものへと変貌した臭い。わたしが育った田舎町にはなかった臭い。

靖国通りをドン・キホーテに沿って右に曲がると、真っ直ぐ伸びた道がある。突き当たりには汚れた空へとそびえるビルが建っている。ビルの横から、ライトアップされたゴジラがこちらに向かって咆哮しているのが見える。いまにも動き出し、口から発するビームでこの街ごと破壊し尽くしそうだ。でもあのゴジラは造りものだし、なにがあっても動かないし動けない。それを知ってるわたしにはゴジラが少し可哀想にも思える。まぁ、ゴジラの映画なんて観たことないけど。

錠剤を買う（もしくは万引きする）店リストのひとつ、シネシティ広場近くのマツモトキヨシのビル前でスーツを着た男に「いくら？」と声をかけられる。かなり酒に酔っているのか、手に持った鞄がゆらゆら揺れている。口から、腐ったような息が臭う。マジ死ね、と思う。

今のわたしにはルールがある。泥酔した男とはやらない。こういう奴にかぎって揉める。「いくら？」っていう最低限の条件設定を平気で破る。この街で生きるわたしたちを心の底から見下している。

だから、わたしは笑う。

「うちそーゆーのやってないんでぇ」

そういって素通りしようとすると、「あぁ!?」と手首をつかまれた。まだ、ゆるい瘡蓋《かさぶた》しかできてないリストカットの痕《あと》に痛みが走る。泣く？　叫ぶ？　それとも。面倒だし、公衆トイレか路地裏で抜いてさっさと終わらせる？

　そのとき、

「なにしてんの？」と後ろから声がした。

　振り返るとエースが立っていた。顔の右半分に刺青が入っている。

　スーツの男は「なんだお前？」と言い返したけれど、すでにトーンが沈んで語尾は震えていた。エースは右手に持った吸いかけの煙草を男の顔に近づける。

「お前がなんだよ」

　煙草の先は、夜の街中で赤く光っていた。しっかり煙が出てるから、触れればきっと熱いだろう。その、熱源と男の額の距離がゆっくりと縮まっていく。そしてエースがもう一度、静かに言う。

「なぁ。お前がなんだ？」

　舌打ちして、男はようやくわたしの手首を離した。「ガキが」そう言い捨てた瞬間、エースの背後からスマートフォンを持った手が現れた。ハルだ。

「うわぁ、えんこー未遂おじさんだー。だっせえ」

　笑いながら、スマートフォンのカメラを男にかざす。ちょ、や、やめろ……男は狼狽《ろうばい》しながら鞄で顔を隠すと、一目散に逃げていく。

「ちゃんと顔晒しとくぜクソキモジジィ！　マジ死ね！」

雑踏に紛れた背中に向って叫ぶと、ハルは手を叩いて笑う。エースは煙草をアスファルトに捨ててサンダルの底で踏み消した。ジャージのポケットから缶酎ハイを出してわたしに飲むよう促す。

「ありがと」

プルトップを開ける。プシュッと心地いい音はしたけれど、口をつけるとやはり冷えてはなかった。エースの体温か、夏の暑さのせいか。それでもよかった。

「うめぇ」

ふざけて言ってみた。すると、エースの頬のあたりが緩む。

「馬鹿だなぁ」

わたしは、本当にエースがわたしのことを馬鹿だと言ったわけじゃないと知っている。だから嬉しくて、また一口缶酎ハイを飲む。エースはわたしたちのお兄ちゃん的存在。警察やヤクザと違って威張らずにこの街の秩序を守ってくれている。みんなエースのことが好きだ。

うちも飲みたい、というハルに缶を渡す。口に含んだ瞬間、「ぬるっ」と酒を吐き出す。液体の零れた地面から、微細な炭酸の泡がしゅわしゅわ鳴りながら生まれては消えていく。

ブーブーとエースに文句を言ってるハルがかわいかった。袖をまくるとバーコードみたく段積みに走った傷口に血が滲《にじ》んでいる。この傷がもっと増える頃には、SNSへの〈いいね！〉も増えてたらいいなと思う。上半身裸になった知らない男が、ひゅーっと喚《わめ》きながら走り過ぎていく。

ビルのゴジラは恐い顔をしたままやっぱり動かない。わたしたちになにがあっても動くことはないし、誰かが泣こうが叫ぼうが、ああやってただ見てるだけだ。

夜の十一時を過ぎても、まだセミが鳴いていた。いや。セミには時間なんか関係ないのかもしれない。時間という感覚がきっとわたしたちを焦らせている。なんで。それがわからないから、焦る。

ジリジリジリ……ミーン、ミーン。

そのときを、たった今を、懸命に鳴き続けているセミ。ちょっとだけ羨ましい。手で触れると、日中灼《や》けるようだった広場のアスファルトは直で座れるくらいまでに冷めている。スカートの裾をたくし上げ、わたしは胡座《あぐら》をかいた。誰かの飲みかけたチャミスルの瓶を、ササキが渡してくる。ササキはエースの中学時代の同級生だったという噂だが、本当かは知らない。酒を口に含むとベトついた甘い香りが鼻に抜ける。

ばか、そんな飲み方すんな。ササキに注意され瓶を奪われる。

飲ませたいの、飲ませたくないの？　てかどうせもうけっこう酔ってるし。そう言ってみて、胃にほの温かい熱が侵入してくるのを感じた途端、強烈な吐き気をもよおす。慌てて広場の植え込みへと駆けて嘔吐する。屈《かが》んで、口に指を突っ込む。食道あたりにまだ気持ちの悪い熱が残っている。さっきまで退屈そうにうろついていた警官が近づいてくる。

「君、大丈夫なの？」

大丈夫っす、もうねこいつ飲み過ぎなんすよ。ちゃんと水あるんで。背中をさすってくれていたササキが、わたしの代わりに答える。

「そう」

はなからさして興味もなかったのか、警官は後ろ手にまた遠ざかっていく。

「こんなとこで大げさに吐くなよ。補導されてもしらんぞ」

わたしは黙って、ペットボトルの水で口の中をゆすぐ。

植え込みの葉っぱや枝にはわたしの吐瀉物《としゃ》が糸を引いてひっかかっている。それは薄いピンク色をしていた。きょうはケンタッキーのチキンしか食べていない。鶏肉と、昨日食べたハンバーガーのケチャップが混ざったらこんな色になるのだろうか。饐《す》えた臭いが立ち込める。こうやってこの街の臭いは出来上がっていくわけだ。

背中をさするササキの手はちょうどブラのホックあたりに集中していて肌とこすれる。親切なのか、下心なのかもわからない手の温度を振り切り、「ありがと、もう大丈夫」と、わたしはやっと立ち上がった。

伸びた髪をひとつ結びにしたササキが整った白い歯を見せる。厚底ブーツを履いたわたしより三十センチは背が高い。缶の酒やポテトチップスなどを手に地面に座り込んだグループの輪に戻ると、入れ違うようにエースが「また今度な」とわたしの肩を叩いた。

「もう帰るの？」

「ああ。なんか子どもぐずってるらしいし」

「なんだよぉ、まだいーじゃんか」絡むササキを「お前はちゃんと働け。またバイトばっくれたんだろ」といなしながら、またエースの頬のあたりが緩む。彼の、そんな表情がわたしは好きだった。そして、ぐずったからとちゃんと家に帰ってくるエースを親にもった子どもが羨ましかった。

わたしは「またね」と言った。

エースも「またな」と言った。

グループの中央では最近この街に姿を見せるようになったラブリがちぐはぐなヒップホップのダンスを踊っていた。リズムと身体の動きが合わず、「あ、あれ」とつぶやきながら踊るラブリを見ながら、みんな笑って「下手くそ！」とか「頑張れぇ！」などと野次を飛ばしている。なんとなく笑いながら視線を泳がしているとハルを見つけた。段差に腰を下ろし、スマートフォンに向かって笑顔で話しかけている。たぶんライブ配信しているんだと思う。トリス・ハイボールの缶を持っていこうと立ち上がったがやめた。別にハルが酒を飲みたいと言ったわけじゃない。わたしがハルの側にいきたいだけだ。それはただのエゴ。と、わたしは知っている。

ホストたちが羽虫みたいにいくつかのグループに入っては離れを繰り返し、金ヅル候補の女客を物色している。初めて見る顔の子が一人、どのグループにも近づけずに広場をさまよっている。さっき声をかけてきた警官は警棒を握って眠そうにあくびを咬み殺す。ササキはいつの間にかラブリのダンスに加わり、野次のボリュームはいっそう高まる。

ストローでハイボールを吸っていると、スマートフォンが震えた。画面のロックを解除する。ＳＮＳのアプリに、赤い丸が点いている。タップするとＤＭが届いていた。〈こんにちは。よかったら今から会いませんか？　条件教えてください〉見ると、すこし前にアップした自撮りの写真にも、メッセージの送り主は〈いいね！〉をしている。一応、アカウントページに飛んで過去の投稿をざっと確認。まぁ、危険な感じはしない。

〈痛いこととなかだしはＮＧです。えちで二希望です〉

送信するとすぐに既読のマークがつく。

〈ゴム有りいちごーかな〉

わたしは〈おけです〉と文字を打ち込んで、またストローを吸った。空っぽになった胃にまたアルコールが流れていく。向こうに座っているハルと目が合った、ような気がした。

ササキたちは大声で笑っている。

暑かった。


指定された場所は「西鉄イン」というホテルだった。

わたしたちの広場とは駅を挟んで逆サイドだったけれど、電車に乗らなくていいからマシとする。歩いている途中、夜空を突き刺すビル群の狭間にコクーンタワーを見た。あのビル変な形。でもかっこいいなぁ。そう言ったわたしに「コクーンタワーな。専門学校とか入ってるみたいやで」と以前コタロウが教えてくれた。この街のビルはどれも同じに感じた。けど、あのビルだけは柔らかい流線が優しかった。優しくて、格好よくて、他の角ばったビルたちから嫌われてそう。

「ビルに優しいもクソもあるか」

コタロウは噛んでいたガムを道端に吐いた。通りがかったパンツスーツの女がヒールの高い靴で踏みつけ、小さな声で呻《うめ》いた。

中央に丸く大きなソファのあるフロントを素通りし、エレベーターで八階に上がっていく。フロアの廊下は静かだった。「803」のドアの前に立つ。三回ノックすると、なかからジャージ姿の男が出てきた。「早かったね」男は言った。わたしは「ちょうど近くにいたから」と答えて部屋の中に入った。歳は、三十過ぎくらいだろうか。

部屋は狭く、シングルベッドがスペースのほぼ八割を占めている。椅子の背凭《もた》れにはスーツのジャケットがかけてある。じゃあ、ズボンはどこにあるんだろうと思ったが、別にわたしには関係ないことだった。男はベッドに腰を沈め、煙草に火をつけた。喫煙オッケーか。ラッキー。

「若いね。何歳?」

わたしはハタチだと答えた。

「あたしにも一本ちょうだい?」

いいよ。男は自分の煙草のケースをぽん、と放る。

「ありがと」

無事キャッチしたわたしは男の横に座り、紙のソフトケースとビニールの間に挟まっていたライターで煙草に火をつけた。部屋が、二人の煙の匂いで満ちていく。

煙草を吸うのは好きだけど、煙草の匂いは嫌い。という矛盾に悩んでオーバードーズして死んだ女の子がいたなと思い出した。たしか二ヶ月ちょっと前までは、よく広場にもたむろっていた。ま、わたしたちの界隈で死んだ理由がそうなってるだけで、つまりは日々のいろんな澱《よどみ》が溢れてバーストしたんだろうけど。あの子。名前、なんだっけなぁ。

「あ。先に、お金もらわなきゃ」

あぁ…。男は煙を吐きながら声を出した。壁際の台に放ってあった、わたしじゃなければパクられても仕方ない二つ折りの財布。そこから、お札を抜きかけ、動きが止まる。

「……二万なら中もあり？」

わたしは首を横に振った。

「だよねぇ」

男はなんでか笑った。

おかしくなくても人は笑う。だから人はややこしい。お金は先にもらうこと。ゴムはつけて中出しはかならず断ること。ややこしいこの世界ではそれが自分の身を守るためのルール。と、これもコタロウが教えてくれたことだった。先払いの報酬を受け取り、まだ背負っていたリュックをようやく下ろして大事に仕舞う。

「じゃ、シャワー浴びるね」

「そのままがいいな」

「え？　でも汗かいてるよ？」

そう言って、今度はわたしが笑う。もちろんなにもおかしくはなかった。

「リスカ見たよ」

煙草を揉み消しながら男がつぶやく。

過去に投稿したＳＮＳの画像でも見たんだろう。

「なになに、本物見たいのぉ？」

おどけて言ってみたけれど、男は表情を変えずに頷《うなず》いた。

まだ、好きな人としたことがない。好きな人とだったら、リストカットでできた傷跡を舌で舐められても気持ちいいのだろうか。これはオプション料金を要求してもいいのだろうか。帰ったら、コタロウに聞いてみよう。そう考えながら、ベッドで仰向けに寝ている。男は裸になってわたしに覆いかぶさり犬みたいにピチャピチャ腕を舐めている。染みのない天井を眺めながら一応喘《あえ》いではいる。けど本当は唾液が傷口にちくちく沁みて痛い。

それでも、これが、仕事だから。

ライトは点けたままがいいというので、かぶさった男の顔がよく見える。男の口元は赤く滲んでいて、わたしの腕から溢れた血だなと思う。こめかみのあたりから汗が伝っている。短く切りそろえた髪は軽くそそけ立って、お風呂上がりみたいだ。わたしから男の顔がよく見えるということは相手もわたしの顔がよく見えるということ。硬くなったペニスがより大きくなって硬くなって、なかで出入りを繰り返している。これが気持ちいいのかわからないけれど、声を出す。あぁ。あん。声を出す。わたしはまぶたを閉じる。喉が渇いて、唾を飲み込んでみた。口に溜まった唾はさらっとしていて、なんの足しにもならない。かき氷が食べたかった。あの味。青いやつ。ブルーハワイ。

平板なわたしの乳房を男の手がつかむ。腰がぶつかるたび自然と身体が揺れ、ざらついた男の掌《てのひら》が乳首にこすれる。くすぐったさに似た物理的快感がある。本当は傷口なんかより乳首を舐められるほうがマシなんだけど、この男は恋人じゃない。お金をもらってしてるだけ。だからそういうリクエストはしない方がいいだろう。勘違いされてもめんどい。

いきなり中で、ペニスがこまかく脈打つ。男は熱い息を吐いて「いきそうっ」と呻く。

わたしはうっすらまぶたを開ける。

「いいよ！」

　さっさといけよ、とは言わない。腰の運動が激しく、乱暴になっていく。太ももの裏側に男の股の毛がこすれ痺《しび》れてくる。

「いっ！」と短く声が走った。そして「くぅ」という言葉が聞こえたのと同時、わたしの中で、大きく二回震えた。不意に、男を殴りたくなった。


　そこはどこかのバーだった。

　壁はペルシャ絨毯のようにどぎつい柄の布で覆われていた。大きな木製のテーブルには林檎やオレンジなどのフルーツが盛られた銀の皿。誰かの口紅のついたワイングラス。一部齧《かじ》られて欠けたローストチキン。そして酒の瓶が散乱していた。席はいっぱいで、わたしは友人たちの輪の中にいるのに、なぜか誰も見覚えがない。

　すべての発色がよかった。低い色度と高い色度の差が激しく、どの光景も脳に直接飛び込んでくるようだった。

　バーにいる登場人物はみんな楽しげな表情をしている。グラスの酒を飲み、手を叩いて笑い、焚《た》かれたお香の濃い煙の成分を吸ってトリップしていた。わたしも気分がよかった。隣の席から煙草を勧められ、受け取るとその男はササキの顔をしていた。

なんでここいんの？　尋ねると、ササキの顔をした男は困ったように首を振った。もう一度席を見渡してみる。けれど、やはりこのバーで他に知っている顔はない。

ねぇ。呼びかけ振り向くと、もうササキの顔は別の顔になっていた。いや、そもそもあれはササキじゃなかったかもしれない。

しかたなく、掌《てのひら》に残った煙草に火をつける。満ちた笑い声が鼓膜に響く。声の周波数がどろっと溶け合い、ひとつの叫びのようになって、頭の中をかき乱す。目から、悲しくもないのに涙が溢れる。わたし、壊れちゃった。この妙な煙草のせいかもと思う。けれど苦しくはない。だから別によかった。そして、あ！　――と叫んだ瞬間、わたしは目を覚ましていた。

全身、汗で濡れていた。

悪夢でもなんでもなかった。恐い思いもしていない。ただ、夢の中で会話し笑い合った友人たちとは、目が覚めてしまった今、もう二度と会えないんだという気がした。当然だ。あの友人たちは夢の登場人物だし、そもそも顔も名前も知らない。いや、存在もしていない。なのにとても寂しかった。現実よりも夢のほうがリアルだったような、不思議な感覚だけで強く残っていた。

鏡台の照明が点けっ放しになっている。同じベッドの隣でハルとコタロウが折り重なって寝ている。二人の薄い身体が膨らんではへこんでを繰り返す。

わたしはベッドから起き上がり、心の中で「ねぇ」と声をかけてみる。

ガラス製の丸テーブルにはもともと錠剤の入っていた瓶があった。今は錠剤の代わりに、昨日男からもらった一万円札と五千円札の入った瓶がある。


「おとうさん」は、わたしが五歳の頃に現れた。梅雨だった。

本当のお父さんはわたしが生まれてすぐ、お母さんと離婚していなくなった。だから、本当のお父さんの記憶はない。わたしには「おとうさん」の記憶しかない。

わたしとお母さんでひっそり暮らしていた山形の公営M団地は、五階建ての外壁が煤《すす》なのかカビなのかで変色した建物だった。

四つある棟の中央には囲まれるように小さな公園があった。夕方になると、子どもたちが示し合わせもせず集まってくる場所。M団地で暮らす世帯はほとんどが共働きだったから、親が帰ってくるまで公園で遊び、時間を潰すのだ。

けどその日、公園に自分以外の人影はなかった。

朝から降っていた雨は夕方になっても止まなかった。

誰か一人くらい来ることを期待して、わたしは滑り台に登ってじっとしていた。保育園の黄色い傘に雨のしずくが休みなくぶつかる。雲は分厚くどす黒い。雨の匂いに混じって、ほのかに潮の香りが鼻をくすぐる。わたしは長い時間、傘の持ち手にしがみついて誰かを待っていた。

「なにしてんだ」

そう声がした。

見ると、滑り台の下に知ってる人が立っていた。

わたしが「なんも」と答えると、その人はまた穏やかに笑って、

「ひとり?」と聞いた。

透明なビニール傘を差したその人とはお母さんと三人でご飯を食べたことがあった。ファミリーレストランのメニューを広げ「なんでも好きなもの頼めな」と穏やかに笑ったその人の顔が蘇る。

雨で聞き取りづらいかと思い、わたしは「うん！」と大きな声を出す。

その人は笑ったまま「うちきて遊ぶか？」と言った。返事の代わりに、頷《うなず》いて傘をさしたまま滑り台を滑った。パアッと傘が裏返る。お尻はパンツまで湿る。地上におりて裏返った傘を懸命に戻していると、その人はなにも言わずに歩き出した。

濡れた道に映る、自分の二倍以上はありそうな影を追っていく。ぬるい風が吹いた。また、潮の匂いがする。海が雨になって降ってきてるみたいだと思う。並木の濃い緑色の葉がお化けみたいに音もなく揺れ、なんだか恐くなる。わたしは走った。その人の歩幅が大きいのか、なかなか追いつけない。

団地の南口。国道の路肩にメタリックブルーの車が停まっていた。エンジンはかかったままで、雨のなか車体は小刻みに震え、排気口から白い煙が立ち昇っている。その人は助手席のドアを開けて「乗って」と言った。乗り込もうと黄色い傘を畳んでいると、無言でわたしから取り上げ「いいから、乗れって」と言った。わたしは助手席に乗った。

その人は自分のビニール傘とわたしの黄色い傘をざっと畳んで後部座席に放り、運転席のドアを開ける。

「いぐよ」

頷くと、車が動き始めた。

整った鼻の稜線。一重からツンと反り立つまつ毛。黒に混じった白髪。なにもしゃべらずハンドルを握るその人の横顔を眺めるのに飽き、わたしは車窓へと顔を向ける。

それまで車に乗ったことは数えるほどしかなかった。止めどなく降る雨のしずくをワイパーが左右に振れて必死に拭おうとしている。お母さんは車を持ってなかったし、タクシーに乗るような習慣などもなかった。歩いて通う保育園と、たまにお母さんの自転車で連れられていくスーパー。そして団地と公園。その四箇所を二十四時間で巡る生活だった。フロントガラスから見える景色はどこまでも灰色で、しかし車に乗っているというだけで新鮮に映った。

海沿いの道から目一杯、濁った海が広がる。遠くに大きな白波の連続が見える。ヤシの木は幹をしならせ風に耐えている。チラシかなにかが車のフロントガラスを猛スピードで横切っていった。その日、東北では珍しく台風がすぐ傍まで来ていた。

十五分ほど走ると車は停まった。車庫のついた立派な一軒家で、運転中ずっと前を見ていたその人はエンジンを切るとこっちを見た。

「降りるよ」

わたしは頷いて、すかすかのシートベルトを外す。

「おじゃましまぁす」

家に人気はなく、屋根に打ちつける雨音だけが響いている。玄関で長靴から足を引き抜くのに苦労していると、その人は家の奥へ行ってタオルを持ってきてくれた。

「これで拭け」

わたしは濡れた髪や顔をタオルでわしゃわしゃぬぐう。知らない人の家の匂いがした。団地の友達の家もそう。家によって匂いが違うのは不思議だ。

畳敷きの居間の中央に、座卓があった。その人は温かいお茶を淹れてくれた。わたしは猫舌で飲むのに苦労しながら、「お母さんとお父さんはいないの？」と聞く。

「だれの？」

「おじちゃんの」

「いねよ」

「一人で住んでんの？」

「ん」

すごいねぇ。うちはもっと狭いのにお母さんと二人で住んでるよ。その人は座卓の向こう側に腰を下ろすと灰皿を引き寄せ、煙草に火をつけると穏やかに笑ってわたしを見た。煙をほそく吐く。そうして、お茶が冷め切ってしまうまでずっとわたしを見ていた。

遊ぶつもりで来たから、煙草なんか吸ってわたしを見てるだけのその人との時間はつまらなかった。

「おじちゃんちゲームとかないの？」

「そんなもんねーよ」

言ったなり、相変わらずその人はわたしを見ている。そのあたりでわたしは気づいた。ただ見ているだけじゃない。その人の両目の奥のほうで、暗い光が透けていた。

そういう目を、わたしはそれまで人に向けられたことがなかった。お母さんにも。団地の友達にも、保育園の先生たちにも。あの暗い光はなんだろう。

その人が吸っていた煙草の煤《すす》が燃え尽き、灰皿に無音で落ちた。なんとなく見てはいけないものを見てしまった気がして逸らしかけたわたしの目を引き止めるように、低く、かすかに震えた声が聞こえた。

「こっちさこい」

ぬっと、その人は立ち上がった。

お母さんの手より大きく、ごつごつした手が伸びてくる。

言われるがままその人の手を握ってわたしも立った。

もう、遊んでくれるならかくれんぼでもしりとりでもなんでもよかった。遊ぶ気がないならお母さんに迎えに来てほしかった。

雨音はいっそう、激しさを増している。

連れていかれた先は薄暗い小さな部屋だった。カビのような、うっすら甘ったるい臭いがする。床には布団が半分に畳まれ、雑な様子で壁際に寄せられている。

部屋干し用の物干し竿にはトランクスやタンクトップなどの下着が吊るしてあった。テレビが一台、布団とは反対側の壁にある。テレビ台にはケースに入っていないたくさんのDVDが重ねて置いてある。

「そごさ座ってて」

なにかのアニメか映画を観せてくれるんだと思った。わたしは『千と千尋の神隠し』が好きだったから、そうだったらいいなと期待し座布団に体育座りした。湿気のせいかちょっと濡れてるように感じたけれど、わたしのパンツがまだ濡れていたのかもしれなかった。

その人がデッキにDVDを挿入する。テレビのスイッチをオンにすると、「ピヨ卵ワイド」という夕方の情報番組が映ってすぐビデオ画面に切り替わった。

隣で、壁際に背中を凭《もた》れ、布団に胡座《あぐら》をかいたその人はゆっくり息を吐き、リモコンのボタンを押す。すると、真っ暗だった画面がぷつっと変わった。青いバックにトトロの絵が映った。スタジオジブリと書いてある。もしかして、本当に？　口に出してないのに、願いが叶うような気がしてうずうずする。『千と千尋と神隠し』。何度も何度も観返したいのに、頼んでも、お母さんはＴＳＵＴＡＹＡから借りてきてくれない。

けど、違った。「――女の――」。漢字が読めなくて、その人の顔をあおぎ見る。

「まじょのたっきゅうびん。観たことね？」

わたしは首を横に振った。それでも、キキと呼ばれる赤いリボンの似合う女の子が、箒《ほうき》に乗って海鳥と楽しそうに空を飛んでいるシーンですぐ物語に引き込まれる。わたしもキキみたく空を飛んでみたい。ジジかわいい。黒い猫、飼いたい。猫とおしゃべりしたい。お母さんに頼んだら、ニシンのパイを作ってくれるだろうか。わたしだったら「嫌い」なんて言わない。美味しい美味しいってパクパク食べちゃうのに。

その人も、夢中になって観入っている。たまにぐうっとテレビ画面に顔を近づける。たぶんその人が好きなシーンなんだろうと思う。コリコという街で出会った少年トンボが、強風に煽《あお》られた飛行船のロープにつかまり、落ちそうになっている。

わたしは息を飲む。このままじゃトンボが死んじゃう。キキ、助けて！　必死に心のなかで願う。すると、キキがデッキブラシに跨《また》がって空を飛ぶ。ふらつきながら、自分も落ちそうになりながら、それでもキキはトンボを助けるために空を飛ぶ。黒いスカートをはためかせ、白いパンツが見える。

わたしは座布団から乗り出し、テレビの真ん前まで近づいていた。心の中で叫ぶ。頑張れっ。キキ！　いけぇ！　と、後ろから急に肩をつかまれる。

「見てみ」

振り返ると、その人はテレビ画面じゃなく、わたしを見ていた。低かった声は、どこか甘い響きへと変わっている。その人の視線がわたしから、みずからの股間へと落ちる。それを追って見ると、さっきまで平板だったベージュのチノパンがテントのように高く張り出している。

「……手品？」

言ってみたもののどうでもよかった。はやく続きが観たい。音声だけでとても大切なシーンを見逃しているのがわかる。なのに「触ってみで」とその人はまた暗い光の透けた目を向ける。意味がわからず固まっていると「お願い」とまるでわたしより歳下の子が駄々をこねるみたいな声を出す。手が伸びている。左腕をつかまれる。やっぱりその人は子どもじゃない。大人なんだと実感する。その人の手はおっきい。その人の手はごつごつしている。その人の握力はつよい。意識ははっきりしてるのに力が入らず、わたしの身体は人形みたいになっている。

なにをされているのかわからなかった。

わからないまま、わたしの手はその人のテントのように張り出した股間に触れた。硬い。

その人の吐き出した生ぬるい息が、額を撫でて消える。

「なぁ」

顔を上げると、

「なぁ。ちゃんと触って、うごがして」

そう、その人は言った。わたしにというより、自分に言って聞かせているようだった。

実際その人はわたしの意思とは関係なく、握ったわたしの左手を硬くなった部分に擦りつける。なにかのシーンでキキがジジに言った台詞が頭をよぎる。

——息は?

——できるだけしないで。

ぴっ、と部屋全体が明るくなって元に戻った。

遠く遠くで雷が落ちたんだとしばらくして気づいた。

「これ……なんていう遊び?」

「いいがら、黙って」

少し、声が乱暴になる。わたしの左手をつかむ力もきつくなって声が出そうになる。けれど黙ってと言われたので、声を出すこともできない。その人の腰が勝手に動き出す。いや、その人が動かしているんだろうけど、腰がひとつの生き物みたいに、なにかを求めるように、わたしの掌にぐっ、ぐっ、と迫ってくる。

せめてもの抵抗として目を閉じた。

暗闇に点滅する光の粒があった。自分以外、いろんなものが熱くなっていくのを感じた。画面の声。その人の吐息。左腕をつかむ掌。わたしの手の下にある硬いもの。

「いぐっ――」

どこに行くんだろう。そう思った瞬間その人の下半身がちょっと震えた。びゅっとなにかが、その人のチノパンの下で弾けた感触があった。

びっくりして腕を振りほどいた。と、急にその人から力が抜け、わたしは勢い余って後ろに転がった。テレビ台の角で頭を打つ。ぎょっ、と鶏みたいな声が喉から漏れる。頭の一箇所が熱をもって、痛い。触ってみる。血が出ているのがわかる。テレビからキキの声がする。

――落ち込むこともあるけれど。わたし、この町が好きです。

あ、泣きそう。

「な。舐めてみて」

その人は嬉しそうに言った。それで出るはずだった涙が引っ込む。

「……え？」

掠《かす》れた声で聞く。なに、を？

立ち上がったその人が指さす先は、じんわり濡れそこだけ黒ずんでいる。ボタンを外し、ゆっくりとチャックが降りていく。チノパンと一緒にパンツがずり下ちると、毛むくじゃらの両太ももの間でだらんとしたものがある。

「ここ」

その人が言う。穏やかな声で。

わたしは、顔を近づける。もし魔法が使えたら。この家ごと雷を落として燃やしてしまうのにと考えながら。おしっこの臭いが迫ってくる。ツンとした刺激が鼻の奥から駆けてきて脳みそを突き刺す。嫌なのに、身体は勝手に動いている。自分の舌がナメクジみたいに昼から這い出てくる。

なんでこんなこと——よぎり、やっとわかる。

恐い。恐いんだ。わたしは魔法を使えない。だからキキみたいにはなれないし、ジジのような相棒もいない。だから臭くて汚いところを舐めようとしている。どう抗えばいいのかわからない。

その人は突然、腰を突き出した。ぶらっと揺れた先がわたしの舌につく。それはぬるっとして生臭く、しょっぱかった。

それから一ヶ月ほど経った頃。わたしはこの家に引っ越すことになった。

その人がお母さんと結婚し、わたしの「おとうさん」になったのだ。


どうして、おとうさんの身体がわたしの身体に入ってるんだろう。

いつも変な気持ちだった。けれど、何年もおとうさんの言いなりになっているうちに、心とは関係なく身体が慣れてしまった。中学まではおとうさんが無理やりしようとしても入らなかったのに、高校生に上がると、入るようになった。

嫌でもやらなきゃいけないこと。

お母さんや、周りの大人たちを見ていると、もしかしたら仕事ってこういうことなのかなとも思う。お母さんがパートで夜遅くまでいない木曜。高校から帰ると、わたしはおとうさんの玩具になる。生理で血が漏れていても関係なかった。

おとうさんからいろんなところを舐められている間、わたしは自分は「木」だと考える。風が吹いたら揺れる。雨が降ったら濡れる。人から登られ、蹴られ、傷をつけられ。それでも木はなんにも言わない。そんな感じ。木曜日は木になる日。両手をつかっておとうさんが股を開く。そこに、唾を吐きかけられる。

わたしのそれを見るおとうさんの目には、やっぱり暗い光が透けている。

コツは力を抜くこと。そうすれば、おとうさんの身体が入ってきても、最初ちょっと痛むだけ。あとは待つ。でも、声を出さないとおとうさんが怒る。だから、声を出す。

低い声で果てると、おとうさんは出ていった。酒でも飲みにいくのだろう。わたしはひとり部屋にとり残される。

足で箱ティッシュを引き寄せた。三枚抜いて、股の間をぬぐう。

下着だけつけるとさっきまで着ていた制服をわしづかんで、自分の部屋へ移った。一応、制服についた皺を簡単に伸ばす。ハンガーに袖をとおし、壁のフックに引っかける。ため息は悔しいから吐かない。たぶん、お母さんはこのことを知っている。おとうさんで汚れた身体のまま、ジャージのズボンだけ穿いてベッドにダイブ。このスプリングの利いたベッドも、ジャージも、制服も、自分だけの部屋も。ぜんぶおとうさんがくれたもの。

つまり、そういうことなんだ。

仰向けになってスマートフォンを開いた。推しの、韓国アイドルのミュージックビデオを検索する。アップテンポのリズムに乗って彼女が歌っている。

〈ポギハダ！　ポギハダ！〉

ライトに照らされ汗を散らし、腰をくねらせている。彼女の挑発的な視線と目が合う。綺麗な二重の、「美」のために改造された瞳にいつもどきっとする。いつかライブに行ってみたい。客席からステージに向かってわたしも叫びたい。ポギハダ！　ポギハダ！　この歌を聴いてると、心も身体も洗われていくような気がする。けど、残念だけどそれは気のせいで、おとうさんの臭いのついた身体を洗うため、風呂場でシャワーを浴びる。

全身を丁寧に洗い、全身を丁寧に拭いた。

頭にタオルを被ったままペタペタという自分の足音を聞いて居間へと向かう。

座卓の上に腰を下ろすと、ガラス製の灰皿の中に半分ほど吸って揉み消した吸い殻があった。競馬新聞の置かれた棚には丈の低いコップがあって百円ライターの容れ物になっている。いくつかのうちから黄色いライターを選んだ。親指の腹でヤスリを擦《す》る。橙色の火が灯《とも》る。吸い殻をつかんで口に咥える。焼け焦げて黒ずんだ先を、こまかく震える火へと近づけていく。息を吸う。

チリッ、と短い音がした途端、腹部の底から急激な吐き気が込み上げた。

「うえぇっ」

言葉にならないものが喉元に引っかかった。熱の移った吸い殻は畳に落ちる。目、というよりもっと奥のほうから涙が溢れる。自分の唾液が吸い口に沁みたとき、突然、おとうさんの唾液の臭いが蘇った。鳥肌立つ。未成年で煙草なんか吸おうとしたから、わたしがいけないいんだと思った。ずっとわたしがいけないいんだと思ってきた。諦めろ。諦めろ。カビたい草は不完全燃焼を起こし、薄い煙が立ち込める。

ひとりでなにやってんだろう。

馬鹿らしくなって、恥ずかしくなって、もうわけがわからなくなってくる。

被っていたタオルを畳に投げつけた。

血がつながってなくてもわたしはおとうさんの娘で。

おとうさんがお母さんと結婚したからわたしもこの広い家に住ませてもらってて。

おとうさんの稼いだお金でご飯を食べていて。

だから。

わたしは。

おとうさんのすることをちゃんと受け入れなきゃ、いけ、なくて。

だから。

わたしが、我慢すれば。

だから。

我慢しつづければ——？

その先に一体、なにがあるんだろうか。

朝からぐずついた天気だった。粒のこまかい雨が降って、止んで。灰色の雲はどこまでも空を覆い、また雨が降り出す。

黒板に読めない字を書きつらねていた漢文の担当教師が「んな雨のこと、春雨っていうんだべなぁ」とつぶやいたのと同時、チャイムが鳴った。

六限の終わりは放課後の始まり。にわかに教室が活気づく。

わたしは手元のノートを眺めていた。罫線を無視して書いた歪《ゆが》んだ日本地図。指でなぞるとシャーペンの線が滲《にじ》み、輪郭はぼやけた。ふう、息を吐く。部活動へと急ぐ生徒たちが出ていき、教室にはもう半分も残っていない。日直が黒板の文字を面倒くさそうに消している。

「カラオケいこー」という声にはっとする。

目のまえに井刈さんが立っていて、その視線はわたしの肩より少し上を通過し、後ろの席の山口さんへと届く。

「いこいこー」

楽しげな会話がまた教室の外へと遠ざかっていく。教科書を一応、通学バッグに詰める。友達もおらず、大して好きじゃなかった学校だけど、妙に名残惜しく思えてくる。リュックを背負う。通学バッグは肩にかけた。昇降口でローファーを履く。傘をさす。雫が傘の表面にぶつかって弾ける。五歳だったあの日は、もっとつよい雨だったな。

校門から出ると、県道を歩いていった。途中で廃線寸前のバスに乗る。乗客はわたしと小さなおばあちゃんだけだった。たまに車体をどすん、と揺らしながら、バスは最上川に架かる橋を越える。この大きな川が海へと流れでる地点は雨でかすんでいる。

おばあちゃんが先に降りた。ゆっくり、覚束ない足取りで手すりにしがみついて降りていった。住宅地を抜け、しばらくいくと、ほとんど田んぼだった平面な視界に巨大な建物群が現れた。その一帯は内陸の工業団地になっている。

県道から国道112号線に出たところでバスを降りた。雨は弱まり、わたしは傘なしで歩く。道幅の広い車道では交通量が一気に増える。

目指していたコンビニが見えてきた。緊張のようで、興奮にも似たものがわたしを強張らせる。駐車場には大型トラックが数台停まっている。工場が近いのと、高速のインターも見える距離にあるという理由で、トラックのドライバーたちがよく出発前に寄るのだ。

ビニール傘を入口の傘たてに差した。自動ドアをくぐる。たらたらたりん、と音がする。店員はレジに一人。品出ししているのがもう一人。雑誌コーナーで胸板の厚い男が本を物色している。雰囲気ですぐにトラックのドライバーだとわかる。

ドライバーの背後を通り過ぎ、わたしはトイレにこもった。便座の蓋の上に置いたリュックから服を取り出す。制服を脱いで、さっと着替えた。しろい無地のワンピース。それが精一杯のおしゃれ着だった。靴はローファーのまま。通学バッグを置いていこうか迷い、それがなにかの証拠になりそうでまた肩にかける。

トイレから出るとさっきのドライバーの姿は店内になかった。

雑誌コーナーにはかわいい子、綺麗な子たちが表紙を飾った青年誌や週刊誌などがところ狭しと立てかけられ、こっちを見ている。一冊、ファッション誌を手に取った。ビニールテープで綴じてあってなかは開けない。から、表紙を眺めた。最近よく映画やテレビに出ている、わたしよりいくつか歳上の女優が微笑んでいる。

いいな。かわいくて、いいな。この子には、自分のことを好いてくれて、大事にしてくれる人たちがいっぱいいるんだろうな。

たらたらたりん、また音が鳴った。

さっきとはべつのドライバーが入ってきた。背の高い四十くらいの男の人。青いつなぎを着て、それが歩くたびにしゃかしゃかと擦れる。男は缶コーヒーとなにかの煙草を買うとすぐに店を出ていった。ファッション誌を棚に戻すとわたしも外に出る。数歩歩いて、傘……と気づいたけど、すぐいいや、と思った。雨は完全に上がっている。雲の隙間から夕どきの赤い光が漏れている。

男の人はずんずん行ってしまう。小走りで追う。駐車場の隅に停まっていた緑色のトラックの扉を開け、ひょっ、と飛ぶように男は消えた。近づくとタイヤだけでわたしの胸元くらいまである。サイドガラスはフィルムが貼ってあり中は見えなかった。

掌《てのひら》を握った。背伸びして鉄の扉をノックする。

トン、トン。

反応がない。もう一度。

トン、トン。

扉は開かなかった。代わりにサイドガラスが下がり、男の顔だけ出てきた。

「あ?」

「どこまで行くんですか?」

怪しまれないようにしなきゃ。そう思い、明るく聞いた。男はわたしを見下ろしながら
「二本松経由で、ながおか」と野太い声で言った。ながおか……口を半分開けて反芻する。

二本松はわかる。ながおかは……どこだっけ。

「新潟。その、ちょっと下」

ノートに書いた日本地図を頭に浮かべる。

弓形になった日本の背中あたりだ。

「あの」

お腹に力を込めた。

「そこまで乗せてってくれませんか?」

「……何歳?」

「十八」

男は伏せがちに目を動かす。顔から胸、脚。そして背負ったリュックと学生バッグに視線が移っていく。やっぱりバッグは捨てといたほうがよかったかな。通報とかされるだろうか。そう思ったとき、上から声がした。

「反対」

「え？」

「乗るとこ……。そっちじゃなくて反対側だから」


トラックの中は男の臭いに満ちていた。それはおとうさんと違う臭いだった。丈夫そうな革のシートを指でなぞると、きゅっと鳴った。わたしの町は嘘みたいなスピードで遠ざかっていった。簡単に遠ざかっていった。

男は、福山という名前だった。

運転席側のダッシュボードにはなにかの証明書が貼られていて、小さい男の顔写真が添えてある。福山篁と書いてあったが「篁」をなんと読むのかしらなかった。福山はおとうさんの車の二倍くらい大きなハンドルを握って前を向いている。

「名前は？」

「……ジウ」

「……変な名前。日本人？」

「……」

高速道路の景色は延々と代わり映えしない。アスファルト。緑色の看板。中央分離帯の植木。ガードレール。たまにトンネル。だいたいそんな感じ。日が暮れて夜になると、いよいよなんの面白みもなかった。。前を走る車のライトがぼうっと現れ、追い抜き、追い越される。それ以外、闇。深い海の底を進んでいるようにも思えてくる。たぶん、かなりの山奥を走ってる。黒く沈んだ、夜空じゃない部分は山だと思う。それがずっとつづいている。福山はほとんどしゃべりかけてこない。とくにわたしからも話すことはない。だから、カー・ラジオから流れる声だけが車内に響いている。さっき若手芸人がパーソナリティをやっている番組が終わった。今は占い師が女の運はどうとか語っている。

そろそろ、親たちはわたしがいなくなったことに気づいた頃だろうか。傷つくかな。悲しむかな。ちょっとぐらい傷つけばいいのに。でも、どうせ傷つかないだろうな。スマートフォンを取り出してみても、誰からもなんの通知もなかった。

カシャッ――。

言い訳みたく、写真を撮ってみる。高速を照らす青白い光が、夜空にぼうっと伸びて幻想的に映っている。わたしがいなくなって親たちの脳裏に過《よ》ぎるのは毎週木曜のことだろう。わたしが警察にでも駆け込んだのではとそっちのほうを心配し、だから逆に、捜索願まで出して探すことはしないはず。寂しいとか、そんな感情はなかった。ただなんとなく苛つく。握ったシートベルトに爪が食い込んでいく。

「腹は？」

「あ、えっと……」

空いていた。でも、お金なんか学校での昼食用くらいしかもらっておらず、手持ちはほとんどなかった。できるだけ安いもの。例えば菓子パンとかカップラーメンとか。ざっくり、そういうもので凌《しの》いでいこうと考えていた。

「俺は空いたから」

長いこと右車線を走っていたトラックがウィンカーを点滅させ左車線へと移る。緑の標識に「寒河江 Ｓａｇａｅ」とあり、片仮名で「ハイウェイオアシス」と書かれている。二車線が一車線に収束し、トラックのスピードは緩んでいく。駅舎のような建物の灯りが見える。サービスエリアだ。

コンビニの駐車場と同じように、トラックはまた隅のほうで停まった。

サイドブレーキを引くと福山は黙って降りた。わたしも扉を開け、ステップから飛ぶように地面に降りる。ローファーの硬い靴裏が直に足へと衝撃を伝える。安全靴を履いた福山のほうはさっさと建物のほうへと向かっていく。

なかには売店のほかに食堂まであった。テーブルで福山のようなドライバーがぽつぽつ、あとは大学生っぽい男女が食事をとっている。麺をすする音。カレーの匂い。それらがわたしの空腹を強烈に刺激する。食べたい。明確に思う。のに、お金がない。最悪二、三日なにも食べなくても死にはしない。どこかで高《たか》を括《くく》ってたくせに食欲がなにより勝ってくる。これまで「空腹＝食べたい」だったのが、「空腹＝お金がほしい」と初めて感じる。

――食えよ。

声がして我に返る。わたしを福山が見ている。手には自分の食券を持ち、さらに千円札を一枚券売機へと入れる。いくつもあるボタンに赤いランプが灯る。

「食えよ、好きなの」

腕を伸ばし、光るボタンを押す。

ピッと鳴って、鶏白湯みそラーメンの食券が吐き出される。

二本松に着いたのは夜の0時を過ぎていた。

駅前の繁華街を過ぎようとして赤信号に捕まる。トラックの前を酔っ払った男たちが楽しそうに横断歩道をわたっていく。運転席から小さく舌打ちが聞こえる。しばらく走って、林の中を緩やかにカーブする坂をくだっていくと、工場らしき敷地に入り車は停まった。窓の外にはこのトラック以外にもたくさんの車両が並んでいる。

「待ってろ」

言い残し、エンジンを切って福山は車を降りていった。建物は煌々と明るい。自販機の脇に銀色のスタンド灰皿がある。福山と同じような服装の男たちが数人、煙草をふかして笑いながら談笑している。声は聞こえない。

なんとなく見られちゃいけない気がしてわたしはシートを深く倒した。車内で一人になった途端、眠気が差してくる。がたこん。音がしてトラックの荷台の扉が開いたのを感じる。いつくかの人の気配が荷台で動いている。

福山はこの車の荷台になにを積んで、なにを運んでるんだろう。

死体、とかだったら面白い。映画とかで出てくる運び屋。ヤクザに殺されたワケありの人間をこの工場で跡形もないくらいミキサーで粉々にし、それをコンクリートと混ぜる。固まって重くなった人間コンクリートを長岡の山奥までトラックに載せて運んでいく。おとうさんみたいな人たちをコンクリートに詰めて運んで、捨てにいく――ドアの開く音で目が覚めた。

「起きたか」

そう聞かれ、自分が寝てたことに初めて気づくほど深く眠っていたようだった。口内は粘ついて気持ちわるかった。水、と思ったけど、黙って唾を飲み込む。

福山が車の鍵を回すと犬が身震いするように車体が揺れた。エアコンの吹き出し口から空気が流れてくる。ラジオの音もしだす。トラックが生き返った。突き出した長いシフトノブを動かすと軽く唸り、また走り出す。

「まだ眠い？」

相変わらず外の闇は濃かった。トラックの電子時計はいつの間にか三時を示している。二時間以上も寝ていたのだ。

「寝てろよ。後ろ、横んなって寝れるからそっちで寝てろよ」

なにも答えてないのに福山が一人で言葉を継ぐ。でも、もうあんまり眠くない。

「寝てろよ。な」

福山が何度も言うので仕方なくシートベルトを外す。ローファーを脱ぎ、助手席の倒したシートから余計なものに触れないようトラックの後方へと移る。

「すご」

自然と声が出た。そこは想像以上に広い寝台になっていて、枕や少し乱れた布団が敷いてある。普通に家みたい。住めそう。

「だろ」

表情は見えなかったが、運転席から得意げな声が聞こえた。横になる。布団はより福山の臭いがつよかった。汗の酸っぱい臭いが頬にくっつく。ラジオからはたぶん、クラシックが流れている。

トラックってすごいな。感心はするけどやっぱり眠くはならない。

三十分ほど布団に埋まっていると、トラックがゆっくり減速していき、やがて停まった。また工場か、パーキングエリアにでも着いたのだろうか。

「眠くないの？」

「うん」

カチッと音がした。運転席のシートベルトが外れた音だとわかる。

エンジンをかけたまま、福山は振り返った。慣れた様子でシフトノブを跨《また》ぐと寝台のほうへと移ってくる。気づいたときには遅い。太い腕がわたしの肩をつかんでいる。骨が軋《きし》むほど力はつよく、「いっ」と声が漏れた瞬間わたしの口を生ぬるく、乾燥した唇が覆う。

こめかみに自分の脈を感じる。

「いやぁっ」

わたしは精一杯の腕力で、福山を押し戻そうとする。それでも頑として福山の身体は動かない。親指がめりめりとわたしの鎖骨へと食い込み逆に布団へと押し倒される。手首を布団に押しつけられる。福山の全体重が乗る。

ふたつの目がわたしを見下ろしている。

目には、おとうさんと同じ、またあの暗い光がある。

「いやじゃねーだろ」

半身の自由は利かない。両足をばたつかせると、いきなり右の頬に衝撃が走った。いいから暴れんなよ……。だるそうな声。そのあと、爛《ただ》れるような熱が右頬に残った。しばらくなにをされたのかわからなかった。

福山の顔を見る。もう一度、平手をかざしている。

「こっちは車乗せてやってんだ。メシまで食わせて…こんぐらい普通だろう」

普通。そう聞くと、力が抜けた。ワンピースの裾がめくられていく。

「社会に無料なんかねえんだぞ」

福山の太ももが、わたしの股の間に力ずくで割って入ってくる。ラジオからクラシックが相変わらず流れている。タラタラタララン。〈エリーゼのために〉。曲の名前くらい、わたしだって知っている。でも、エリーゼが誰なのかは知らない。涙が出る。けれど悲しくはない。悔しい、のかもしれない。

今さら気づいたように、福山は遮光カーテンを閉めた。自分の鎖骨をそっと手でなぞると福山の爪の痕がついていた。こいつも、おとうさんも、なんにも変わらない。男は全員同じなのかもしれない。それが普通なのかもしれない。福山の匂いが染みつきそうで、わたしは自分でワンピースを脱いだ。もはやこの身体より一張羅のほうが大切だった。

ぎし。ぎし。また、わたしは「木」になって数をかぞえる。そもそもどうせ綺麗な身体じゃないし。誰に弄《もてあそ》ばれたって、一緒。終わるまで待つ。木になって待つ。福山のおかげであの町から逃げられた。もうそれでよかった。いーち。にーぃ。さーん。しーぃ——さんじゅーさん。で、福山はわたしのお腹に精子を出した。ポケットティッシュをわたしに放って、少し目を伏せながら自分の股間も拭っている。

その様子が毛づくろいする猿みたいだった。

さっき、わたしをぶった男とは思えなかった。

パンツだけ穿きなおし、福山がぺったんこの長財布を開く。

「これ」

皺《しわ》の寄った一万円札が二枚。わたしはだまってそれを受け取った。

「どうする。長岡まで乗ってくか?」

考える。乗っていってもいい。けど、長岡に行ったところで、というのもあった。

「大体どこ向かってんの、お前」

「どこ……?」

どこだろう。とにかくあそこから逃げたかっただけだった。おとうさんもお母さんもいない場所へ。

「とう、きょう?」

言葉にすると、後追いするように東京にいきたい気持ちが湧いてきた。東京にはきっと、いろんなものが詰まっている。知らない世界。知らない人たち。どうせ当てもないんだから、東京。いってみたい。

「社会に無料なんか」ない。本当にそうならお金はなんとかなりそうだった。こうやって稼げばいい。おとうさんから「無料」でされるより、よっぽどマシだ。

「あと一回したら、また二万円くれますか」

「はぁ…?」

福山が、射精したときに似た間抜けな声を出す。

「一万は？」

それを聞いて腹が決まった。

「じゃあ降ります」

どうせやるんなら、他の男とやって二万円もらったほうがいい。

服を着て車から降りようとしたら「補導されるぞ」と福山のほうが慌てた。

「大丈夫ですよ」

「こっちが大丈夫じゃないんだよ。俺このまま郡山寄って長岡に行くし、乗ってけ」

補導されても、別にあんたのことチクったりしないのに。と、言おうとして、わたしが十八歳未満だというのが福山にバレていたことに気づいた。

トラックが高速を降り、郡山の市街地に着く頃には夜が明けはじめていた。駅のターミナルであるガラス張りの高いビルは、全体が鏡のように、遠くの空から昇ってくる朝日に照らされ橙色に輝いている。

この知らない街はまだ眠っていた。

バス停のベンチで、ホームレスのおじさんも眠っていた。

「ありがとうございました」

「あぁ……」

高さのあるステップからわたしは跳んだ。ローファーの底が地面にちゃんと着いてほっとする。短くクラクションを鳴らし、トラックは荷台を重そうに旋回させ駅前のロータリーから去っていった。大きな鯨が泳いでいってしまうようだと思った。

もうたぶん、一生福山と会うことはない。けど、またわたしは選んだトラックの扉をノックし、福山じゃない福山のような男に身体を売って、お金を稼ぐ。

わたしはなにもできない。勉強も、スポーツも。かわいくもないし、特殊な能力なんてひとつもなかった。あるのは、若さだけだった。それが唯一持っている武器だった。

だから、わたしは若さを売って、売って、売って——とりあえず東京にいこう。それを目標にとりあえず生きていこう。お腹からぐうっと音がした。

わたしには、わたしが自分で稼いだ二万円がある。

噴水のある広場の丸いベンチに座った。ワンピースのポケットの中でお札を握りしめながら、街が動きだすのをじっと待った。鳩が喉を震わせ寄ってくる。向こうで、たまに横になったホームレスが寝返りを打つ。ゆっくり、ビルに反射する光から赤の濃度が薄まっていく。六時。松屋の営業が始まった。開店と同時に入って牛めしを注文した。大盛り。湯気が立っている上から紅生姜を載せて掻《か》き込む。熱くて、むせる。それでも食べる。途中カウンターに置いてあるフレンチドレッシングで味変。米粒が頬につく。薄い肉が喉につっかえて味噌汁をすする。うちの味噌汁よりちょっとしょっぱい。もう、生まれ育った場所には帰らない。丼ぶりにがっつくわたしを店員が不思議そうな目でちらっと見る。

きょう食べたこの味を、忘れたくないと思った。


はやく、大人になりたかった。はやく歳をとって、高校を卒業して、自分の力で生きていく。土地にも、親にも、誰にも縛られない人生。わたしの、わたしのための人生を生きるためはやく大人になりたかった。

でも違ったかもしれない。あの家でおとうさんに犯され、それに気づかないふりをしづづけるお母さんのつくったご飯を食べながら待っていても、たぶんずっとわたしはわたしの人生なんて生きられなかった。ぶるぶる震えるトラックの後部座席で、知らない男の硬くなったペニスを摩《こす》りながら、そう思った。

その日その日に出会った男の運転するトラックを乗り継いで、わたしはいくつかの街にいった。どれも知らない街だった。でも、だいたい松屋はあった。

たまに、なんの前兆もなくきゅうっと胸の奥が痛くなって、どうにもならないときにわたしは松屋で牛めしを食べた。なんで「きゅうっ」となるのかよくわかってないから、べつに松屋でご飯を食べてもなにも変わらない。それでも明け方カウンターに座っている客たちはみんなどこか虚《むな》しい顔をしていて、心が安らいだ。自分だけじゃない。なんとなく、そんな気持ちになれた。

高速道路の出入口近くにニョキッと聳《そび》えたラブホテルはカビ臭った。ガチャガチャみたくお金を入れる小さな冷蔵庫がある。男からもらった小銭を突っ込んで買った、生まれて初めて飲む缶ビールは苦った。射精後、すぐいびきをかきはじめた男のベッドから抜け出し、きしむ木製の椅子に座った。

くすみがかったピンク色の室内照明で目がチカチカする。空調の効きすぎか、喉が乾燥しざらついている。フェラする前に飲んだ缶ビールを口に含む。炭酸が抜け、ほんとにただの罰ゲームみたいな味がする。薄い壁を隔てて、隣の部屋から女の喘ぎ声がする。

眠れなくて、一瞬ちょっと死にたくなって、わたしは椅子に体育座りしながらSNSのアカウントをつくってみた。プロフィール画像には、推しをスクショしまくった写真フォルダから特にお気に入りの一枚を設定する。ちょっとドキドキ。こんなわたしが推しになりきってるみたいな感じになってるかな。けど、ちょっと興奮する。フォローバックなんて一ミリも期待してない。と、当然すぎることを言い聞かせ、推しの公式アカウントのフォローボタンをタップ。

422,406という数字が422,407になる。声が出そうになった。自分が、推しの中の一部になったような気さえした。すると、急にいろんなことが頭に浮かんできた。わたしはそれらを夢中になって一四〇字以下の言葉にしたため、投稿していく。


荷を積んで夜通し走る。

走って、走って、荷を下ろして、また荷を積んで走る。誰も気づいてないだろうけど、お前らが生活してるもんのほとんどは俺らが運ばないと成り立ってないんだぞ。いつかの男がわたしを抱いたあと、疲れた顔でハンドルを握りながらそう言っていた。

日も昇らないうちに起こされた。

トラックの運転手たちはいつも朝が早かった。

久しぶりにベッドというもので眠ったせいか、まだまだ眠くて動けないわたしを男が揺する。身体中が重くてだるくて、頭を起こすのもだるい。

「はよ起きーやぁ」

あぁ、そういえばこいつ奈良から来たっていってたな。男の訛りを聞いて思い出す。

「あたし、このままここで寝ていっていいですか」と聞いてみる。

「あぁ？」

金髪の日焼けした男が眉間に皺《しわ》を寄せる。

なんだよ、もらったお金分のことはもうしたじゃん。そう思うが、黙って視野の隅で男の様子をうかがう。

ピピピッと男のスマートフォンからアラームがうるさく鳴って、男は舌打ちする。出発の時間をあらかじめ設定していたんだろう。

脱いで、鏡台の上に放っていた上着を手に、男はなにも言わない代わり足音を盛大に立てながら部屋から出ていった。なんで男が怒ったのかよくわからなかった。あれ、ていうか怒ってたよね。考えながら、わたしはまた眠りに落ちていく。

自由に使えるベッドって天国。トラックの後部座席でずっとは暮らせない。それはそうだ。どの運転手たちにも、帰ってくつろげる家がちゃんとあるのだ。

備えつけの電話が響いて目が覚めた。

「チェックアウトの時間、十五分過ぎてますけど？」

しゃがれたおばさんの声に告げられ慌ててベッドから跳ね起きた。受付で鍵を返したら延長料金として三千八百円を徴収される。身体を売ったはずなのにわたしがお金を払っている。馬鹿らしくなって外に出た。

中にいるとまったくわからなかったけれど、太陽は頭の真上に上がり、ラブホテル前の国道を車がびゅんびゅん往来している。

行く当てもなく歩いていると、高校の敷地が見えてきた。体育の授業だろうか。体操服を着た生徒たちがグラウンドでサッカーをしている。わたしと変わらない——というか一週間前までは自分も似たような場所にいたはずなのに、学校の敷地を区切る柵の向こう側が、遥か彼方の世界に見える。

わたしは、わたしが今いる地点を確かめるためにスマートフォンを開いた。わたしは取手市という場所にいるらしい。読み方はわからない。とって？　茨城県にいることはわかった。茨城といえば納豆。あたし、納豆きらい。そうSNSでつぶやこうとして驚く。

〈さびしい。東京いきたい〉

〈だれか一緒にいてほしい〉

そう連投したSNSに「いいね！」がつき、東京に住んでるから来ればという内容のDMが三件も届いている。

もちろん知らない人。だけど、嬉しかった。歪《いびつ》かもしれない。メッセージの送り主がどんな相手かもわたしは知らない。それでもわたしに興味を持ってくれてる人がいて、東京にいけば受け入れてくれる人がいる。わたしはひとりじゃない。

電車に乗って、いますぐ東京へいこうと決めた。

取手から、常磐線という青い車体の電車に乗り込んだ（駅で取手が「とりで」と読むことを知った）。座席の隅に腰かけ四十分。疲れた顔のサラリーマンや、車内ではしゃぐ小学生が乗り降りを繰り返しているのを眺めていると電車は上野駅へと着いていた。

自動ドアが開いて一斉に乗客たちは電車から飛び出す。わたしもその勢いに流されホームへ出たはいいものの、切符がない。バッグに手を突っ込む。他の人はスマートフォンやカードを自動改札にかざしてスイスイ行ってしまう。背中に汗が滲む。ポケット、にもない。そのとき後ろから肩を叩かれる。驚いて振り返るとおばあさんが立っていて、穏やかな顔でわたしを見ている。

「これ、電車に落としてたよ」

手には切符。自分のかどうかわからないけれどそれを受け取る。

「あ、ありがとうございます……」

「いえいえ」

おばあさんは微笑みながら会釈するとカードをかざしてゆったりと改札をくぐっていった。その後ろ姿を見送って、思い出した。たしかあのおばあさんは、電車でわたしの隣に座っていた。受け取った切符には「取手７６０円」と書かれていてふっと安心する。切符は改札に飲み込まれ、代わりにゲートが開く。

やっと東京に降り立った、そういう感慨みたいなものが湧いてくると思ったけど、あまりない。それより人の多さと騒がしさで立ち眩みしそうになる。けれど、落とした切符を拾ってくれる人がいる。想像していたよりも東京は優しいところかもしれない。

ＳＮＳのＤＭに返信する。

〈上野駅ついた〉

すぐスマートフォンが震える。

〈わかった。上野から神田。神田から新宿でつくから〉

〈ありがと〉

券売機上のいろんな線が交錯する地図を凝視して「神田」と「新宿」を探す。神田までが一四〇円。そこから新宿まで一七〇円。頭の中で計算する。三百十円分の切符を買ってまた改札内へと戻り、今度は京浜東北線という電車を探す。

神田でオレンジ色をした中央線の電車に乗り換えた。

同じタイミングで乗ってきたタンクトップの女の子が、向かいの席に座る。綺麗な人。すぐにそう思った。わたしはこんな人を見たことない。モデルさんかな。女優さんかな。

車内に流れる出発のアナウンス。が、耳から遠ざかっていくように彼女へと惹き込まれる。過ぎゆく外の背景と、車窓の外枠に区切られた中にいる女の子は、一枚の絵画みたいだった。気だるそうにスマートフォンをいじっている様子がかっこよくて、うつむいた目から伸びるまつ毛はながく、触れたら気持ちよさそうだった。

その形のいい二重の瞳と目が合って、自分がずっとその子のことを見ていたことに気づいた。慌てて目を逸らす。キモいって思われたらどうしよう。見ず知らずの女の子のはずなのに、そんなことが心配で耳たぶが滾《みなぎ》ってくる。

こわごわ、もう一度向かいの席へと目を向けた。女の子はとくに気にした感じもなくスマートフォンに集中している。よかった。なにが？　わからないまま、でも安心する。ずっとこうやって同じ電車に揺られてたいな。

電車が止まる。新宿。

向かいの女の子が立ち上がった。

わたしも立ち上がる。

追いかけるようにホームに出たけれど、駅のホームには本当に見たことないぐらい人が溢れていて、もうその子の姿はなかった。


「デミグラスソースのハンバーグと、マルゲリータピザ。あ、あと辛味チキンください」

「……ホットコーヒーで」

かしこまりました、とウェイターが去っていくと「たにえる」は呆れたように、

「よく食べるねぇ」と言った。

「取手からなんも食べてなかったし……」

「そうなんだ」

たにえるが興味なさそうに笑う。

「たにえるってアカウント、どういう意味ですか?」聞きたかったけれど、逆に自分のアカウント名の意味を聞かれても面倒だから黙っておいた。運ばれてきた料理を食べる。

待ち合わせ場所に指定されたファミレスは満席状態で、無数のしゃべり声が飛び交う。いや、この街はどこも人で溢れている。溢れ過ぎて、すこし楽でもある。自分という存在が人波に紛れ薄れていき、自意識がなくなっていくような。

痩せ細った身体を折り曲げホットコーヒーを啜《すす》りながら、たにえるはハンバーグを箸で

頬張るわたしをじっと見た。

「身長、何センチ？」

「一六〇」

「体重は？」

「え……言わなきゃだめ？」

「できれば」

「四十五キロ……」

「ふーん」

長い前髪をかき分け、たにえるが頷《うなず》く。

「なんか、面接されてるみたいですね」

「いや、ほら。初めて会うからプロフィール知っときたくてさぁ。あ、僕の身長と体重も知りたい？」

「……大丈夫です」

変な人だなぁ。いや、でも、わたしはまともな人間になんかこれまでほとんど会ったことなどなかった気がする。みんな表面上はまともに見えても、内側は違う。全然違う。

「若いからって食べ過ぎるとすぐ肥《ふと》るよ」

そう言って、たにえるは会計を済ませた。近くのネットカフェの個室へと移動して手と口で抜いた。珍しく本番は要求されなかった。

「ざしたぁ」

明らかにカウンター下でスマートフォンをいじっている店員に見送られ、わたしたちはネットカフェを出た。ここに入るときもそうだったけど、古い雑居ビルのエレベーターは乗るときぎしぎし軋《きし》んで落ちたり止まったりしないか不安になる。

たにえるはポケットからなにか出した。

「え?」

チン、と到着のベルが鳴る。

外はもうとっくに夜で、でも夜なのに全然暗くなかった。すたすた歩いていくたにえるの背中を追っていく。はしゃぐ若者。酔ってふらつくサラリーマン。キャバクラかなにかのキャッチ。彼らの間をくぐり抜け、先を行くたにえるの肩を叩く。

「どこ行くの?」

「いや、どこって……。君に関係なくない?」

「え、だって」

DMで〈東京くれば〉って誘ったじゃん。家に泊めてくれるんじゃないの? ちょっとの間だけでも世話してくれるんじゃないの。セックスなら、するよ？　ギャハハッ、と路地から響いた大きな笑い声に巡った思考がかき消された。別にそういう意味じゃなかったのか。ただ、〈東京くれば〉って、その言葉だけの意味だったのか。

「……。じゃあ、どこ行けばいいの」

せめて教えてほしかった。けれど、たにえるに答えられるわけがないとわかっていた。

結局わたしに行くべき場所なんかない。脳裏でＳＮＳに投稿する文章を考えはじめていた。

〈みんなどこー？　新宿なう〉〈泊めてくれる人ＤＭ待ってます〉。

「ちょっと歩いたとこにゴジラがいるでっかいビルあってさ。その近くに、たぶん君みたいな子たちいっぱいいるよ」

なんかあったら連絡してよ。そう言って、たにえるは雑踏の中に紛れていった。手には、エレベーターでたにえるから受け取った五千円札と四角い紙。谷川栄琉という名前と電話番号以外はなにも書かれていない、ぺらっぺらな名刺。人生で初めてもらった名刺だけど、ぐしゃっと握り潰して、ネズミの這う路上に投げ捨てた。

〈ゴジラ　ビル　新宿〉

ネットで検索してみる。

わたしみたいな人間が、他にも本当にいるんだろうか。

ゴジラが咆哮するビルの下、路上に人だかりができている。それはいくつかのグループに分かれていて、地べたに座って酒を飲んでしゃべったり、音楽をかけて踊っていたりする。汗とアルコール、それにスルメかなにかの臭いが吹きだまっている。広場のくすんだタイルにはゴミが散乱し、潰れた缶ビールをたまに風が転がしてカタカタ音を立てる。

「虫歯にアイスしみるー」

「インド行きたいな、インド行ってね、全部リセットすんの。リセットしたら綺麗なってヒアル打ってモデルになるんだぁ」

「馬鹿ばっかだよ、みんなな。俺のこと見下して？　専門も出てなかったら人じゃないんだぁ？　殺してやりてーよ。あぁ、金ほしい」

「ハハハッ、死にてぇぇぇ」

いろんな声が生まれては流れていく。目は濁《にご》り、どの顔もなにかに絶望しているのがわかる。けれど、スーツケースや大きなビニール袋を地べたに置き、缶の酒を煽《あお》っている姿は楽しげだった。学校の昼休みのようだった。わたしは、溶け込めなかった昼休み。一歩踏み出したいのに足がすくむ。

「この人たち」と「そうでない人たち」を区別するのは簡単で「そうでない人たち」は素通りするか、立ち止まってもなにか動物でも見るような目を向けている。棒高跳びの選手みたく拍手を求め、ものすごい勢いででんぐり返りした女の子がいて、通りがかった子連れの母親が手で子どもの目を覆った。わたしもでんぐり返りをすれば「この人たち」の輪に入れるだろうか。

ふらふらとグループの間を行ったり来たり。近くのコンビニで缶ビールを買ってきてひとり飲んでみる。身体を売るときは忘れていた精神がむっくり目を覚ましている。「わたしも仲間に入れて」のひと言が言えない。緊張のようなもので喉が力んで声が出ない。

そのとき肩を叩かれた。

背後に、帽子を被った警官が立っていた。

「きみ。何歳？　まだ未成年だよね？」

「あ、いや。えっと……」

とっさに缶ビールを後ろ手に持ち替える。別に意味ないことはわかってる。

「どうしたの？　震えなくても大丈夫だよ？」

震えているつもりなどなかった。しかし腰に巻かれた警棒を見ると、どっと心拍数が上がる。どうしよう。このまま警察に連れていかれ、地元へと戻されたら。だれか助けて……あ、たにえる――そう思ったが、あの名刺は捨ててしまっていた。いますぐ走って捨てた路上まで拾いにいきたかった。

「ちょっと交番まで来れるかな。すぐそこだから」

なぜかため息をつきながら警官は言う。終わった。そう思ったとき、警官になにかがぶつかった。重心が揺れたのを足で踏ん張って、警官は振りむく。隣にタンクトップ姿の女の子が立っている。女の子は友人に接するような気さくさで警官の腕を取る。

「やめてよー、この子うちの友達なんだからぁ」

「なんだ。そうなの?」

状況を飲み込めないままわたしは警官の怪訝《けげん》な視線に頷《うなず》く。

身体の芯が火照っていた。それは暑いからでも警官が恐いからでもない。目のまえの、ふたりの会話が頭に入ってこない。

わたしの目は女の子に貼りついている。

新宿に向かう中央線で見かけた子。

あの、綺麗な人。

「あんまり遅くまで出歩いて騒がないように」

「はぁーい」

女の子が手を振り、警官は去っていく。

「じゃあ」

何事もなかったみたいに女の子も立ち去ろうとする。これは運命だ。こうやって再会できた運命。なのにいなくなってしまう。次は会えるかわからない。

「あのっ！」

気づいたら走り出し、わたしは女の子の手首を握っていた。握って気づいた。女の子の手首には薄く切り傷があって、たしか、リストカットってやつだ。

「と、泊めてくれませんか？」

「え？」

声が震える。ポケットから、たにえるにもらった五千円札を出し女の子に差し出す。そしてもう一度言う。

「あの、これで、泊めてもらえませんか？」

女の子が笑い出す。

「えーなになに。だれあんた、ウケる。まぁいいけど」

そう言って、差し出した五千円札を摘《つ》んで「まいどー」とふざける。かわいい。

「うち、ハル。名前は？」

「ジウ」

「へぇ、ジウ。いいね。こっち」

ハルが雑踏に向かって颯爽と歩き出す。

わたしはその華奢《きゃしゃ》な背中を追う。汗ばみ、街灯できらきら光る白い肌。もう見失わないよう、今度はちゃんと追いかける。この街で、新しいわたしが、生まれた気がする。


が、連れて行かれた先は家じゃなかった。

繁華街の真ん中にあるビジネルホテルの一室だった。

「ま、テキトーに座ってよ」

ハルは穿いていたジーンズを脱いでタンクトップと下着だけになった。少し汗ばんだ長い両脚のつけ根に、タンクトップから透けているのと同じ色の、淡いブルーのパンツがちらっと見える。わたしが穿いているのより断然大人っぽくて、自分のを見られたわけじゃないのに恥ずかしくなる。

しかも、ベッドには男がいた。

「誰、それ」

男はうつ伏せに寝転びながら、両手で素早く操作するスマートフォンから顔を離さずに言った。重い前髪がたれ表情はよくわからない。でも声で歓迎されてないのはわかる。

「ジウだよ。さっき拾った」

ハルが丸テーブルにあった箱から煙草を引き抜く。ソファに座ったハルのほうへとちらっと視線をやり、ついでみたいにやっとわたしを見る。色素の薄い、茶褐色の瞳。

男が視線をハルへと戻し、なにか言いかけようとすると、遮るように唇をすぼめ煙草の煙を吐きながら、

「これで」

とさっきわたしが渡した五千円札をひらひらさせる。

「いや、安すぎやろ」

舌打ちすると男はまたスマートフォンに視線を落とす。生で関西弁を聞いたの初めてかも、とどうでもいいことに感心する。丸テーブルには小瓶がある。そこに五千円札を畳んで入れながら、ハルが明るく笑う。

「こいつ人間のこと好きになれない病気なのよ」

そう言って男のことを眺める横顔で、顔は笑ってるのに目だけが笑えてないそのアンバランスさで、ハルはこの人のことが好きなんだなと思った。

なんでだろう、わからない。けど、ちょっとだけ泣きそうになった。呆れたような、それでいて穏やかなハルの表情は、やっぱり美しかった。

「なに。ずっとそうしてんの？」

突っ立ったままのわたしに、ハルが言う。

「あ、ごめんなさい」

「べつに謝んなくていいけど」

煙草を揉み消し、鏡台の上のコンビニの袋からサンドイッチを取ると、ハルは包装を開けて食べ始める。

「コタロウね。こいつも一緒に住んでんの。一応大学生、ぜんぜん学校いってないけどねぇ。せっかくうちだって知ってるくらいの頭いいとこなのに、馬鹿だよねぇ」

「そう、なんだ……」

やっぱわたし――そういいそうになって、言葉を飲んだ。他に行くとこなんかない。いつまで受け入れてくれるかわからないけど、出ていけと言われるまでここにいたい。警官から守ってくれた、優しいハルの近くにいたい。

リュックを床に下ろす。通学バッグは、中身をリュックに移して取手駅のゴミ箱に捨てた。この部屋の床にはいろいろなものが落ちている。黄色いビニール袋。空になった錠剤の瓶。煙草の箱。丸まったジーンズ、これはさっきハルが脱いだやつ。ティーシャツ、スカート、たくさんの下着。

入ったときからこの部屋はどこか甘い匂いがするなと思っていたら、匂いの元はどす黒く変色した桃だった。腐った桃の表面が窪《くぼ》んでべとついてそうな果汁を垂らしながら床に転がっている。それは誰かに捨てられた、死んだ子どもの頭みたいに見えた。

ふう。ため息をついたコタロウがスマートフォンをベッドに投げ、顔を上げる。

「お前、なにできるん？」

「え？」

「いや、だからなにでお金稼げんのって聞いてるんや。それかなに。もともと金持ちで意外と金持ってるとか？」

わたしは黙って横に首を振る。

「冗談やん。金持ちが五千円しか渡さんってそんなやつおるか」

笑いもせず、コタロウが吐き捨てる。

わたしにできること。バイトの経験すらないわたしにできること。身体を売る。でも、そんなこと言ったら引かれないだろうか。ハルに汚い女だと思われないだろうか。

「質問変えるわ。家、この近くなん？　東京？」

「……けっこう遠く」

「じゃあ、どうやって東京まで来たん」

「……トラックと…電車……」

ふーん、とコタロウの目に、初めてわたしへの興味の色が宿る。ハルが「へぇ！　ジウ、トラック運転できんの？　すごっ。え、すごくない」とはしゃぐ。

「なわけないやろ」

コタロウは遮《さえぎ》って仕方なさそうにいう。

「今度からは俺がお前に仕事紹介したるから、ちゃんとルール守るようにして」

「ルール？」

「そう。ルール」

ベッドから気怠《けだる》そうに起き上がると、コタロウは床に落ちていた黄色いビニール袋に手を突っ込んで取り出したものをわたしに向かって放る。それを、慌ててキャッチする。なんとかわたしがつかんだのは、カラフルな箱。ハルが「ナイスキャッチ」とつぶやく。

「ゴムはつけること。お前が病気にならんようにもそうやし、それで他の奴にうつされたら客から俺の評判も悪くなるからな。あと、やる前に金はもらうこと。酔ってる客とはしないこと。客と仲よくならんこと。ホストは相手にしないこと。優しそうな奴がもしおったとしても、あいつらは腹の底じゃお前のこと道具としか思ってへんし」

コタロウは、そのルールとやらを矢継ぎ早に話していく。メモでも取りたかったが、そんなわたしを察してくれたのか、ハルは「ま、すぐ慣れるよ」と言って微笑む。

「騙すことはあっても、絶対大人に騙されんな」

「わかった」

わたしは頷《うなず》いた。

だから、と言って、思い切って最後まで声にする。

「ずっとここにいさせてください」

その言葉を聞いて、コタロウは一瞬目を丸くしたあと、ちょっとだけ笑った、ように見えた。目尻に浅く皺のできたその顔をハルは嬉しそうに見ていた。なんとなくわたしは目を逸らした。

爆音が全身を揺らしている。

胸が、なんだか疼《うず》くように震えて、ドッ、ドッ、とこの空間をつつむ重低音に共鳴し自分自身が楽器の一部にでもなったように思える。天井から釣り下がったミラーボールは赤や緑の光を反射し、踊って踊って踊る人々の顔を染め、変化させていく。

一人、たぶん白人の綺麗な女の人が長い両腕を宙に上げている。さっきから人混みをうろついている帽子を被った男がカメラをかまえる。ストロボが焚かれ、一瞬だけ世界がまっ白に染まる。別の男が現れて写真を撮った男になにか文句を言っている。

白人の女の人はどうでもよさそうにして、フロアの奥へ行こうとする。ミラーボールによって色の変化するむき出した彼女の背中で孔雀の刺青が羽を広げている。

「ジウ！」

耳元で叫ばれわたしはびっくりして振り返った。ハルはたしかに叫んだはずなのにその声は遠く、けれど彼女の唇から伝わった熱は耳たぶにじんわり残っている。

カウンターで酒を買った。ふたりで乾杯する。プラスチック製の安いカップは油断すると簡単に握り潰してしまいそうで、わたしは慎重にジントニックを飲む。ここへ来る途中に買った煙草に火をつけてみる。まだ吸いなれなくてちょっとむせながら、けどハルは知り合いらしき人に声をかけられてわたしを見てなかったので安心する。

「行こっ」

ハルに手を引かれ、みんなが身体を寄せ合い踊る中をかき分けて進む。

人と人の隙間の先には小高いステージが見える。ステージにはＤＪブースと、わたしより背丈のあるスピーカーがふたつ並んでいる。ハルはぐんぐん進んでいく。スピーカーに近づくごとに、響く音楽がより直接的に身体へとぶつかってくるのがわかる。

「エースッ！」

ヘッドフォンを片耳にかけ、ブースで音を操る男にハルが呼びかける。

男もハルに気づいて軽く手を上げる。

「おらぁ、お前らこれで全員死にさらせ！」

マイクを握って叫び、もう一方の手でミキサーを操作するといきなり曲調が変わる。ガンッ、と横頬を殴りつけるような音をスピーカーが吐き出す。大音量のなか歓声が上がり、振り返るとフロア中の人間が両手をかかげて跳びはねる。

ブースの側にはさっきの白人の女の人もいた。彼女は口を開け、ピンク色をした色素のうすい舌を伸ばしなにか大声を出している。エースと呼ばれた男が拳を突き出す。わたしの隣で跳びはねていたハルも拳を突き出す。

地下の、決して広くもないフロアは、わたしにとってべつの世界に迷い込んだのと同じだった。こんなにおっきな音で音楽を聴いたことがなかった。こんなに大勢が踊っている光景を見たことがなかった。こんなに自由に、楽しいと感じたことはなかった。

わたしも拳を突き出してみる。スピーカーから響く音の塊がこの小さな拳にぶつかり割れて、でもすぐまたひとつの塊へと合流し空間を満たす。方々で煙の筋が立ち昇っている。どこかでガラスの割れるような音がする。ハルがわたしの肩に腕を回す。ハルの短いスカートの裾がわたしの短パンから伸びる不恰好な脚に擦れる。

「ちょーよかったよぉ！」

ハルが蕩《とろ》けた顔をしてエースの腕をぺちぺちと叩く。エースはビールのジョッキを持ちにくそうに口まで運びながら、

「わかったから、もう叩くな」と閉口している。

「お前、よくこんなやつと一緒に暮らせるなぁ」

なんと答えていいか迷っていると「こんなやつって、どんな奴だよ！」と言ってまたエースの腕を叩こうとし、ハルが自分の酒の入ったグラスを床に落とす。

「ごめんおっちゃん」

「あーいいからいいから、お嬢ちゃん触って怪我せんようにして」

カウンターの裏から出てきた老齢の店主がゆっくりした足どりでわたしたちが座っている席へとやってくる。

「はーい」

「お前がはーい言うな。ごめん、俺手伝うよ」

「いい。いい。いい」

壁にかけてあった箒と塵取りを使い、店主が慣れた様子で割れたグラスを片していく。

エースは申し訳なさそうに、

「おっちゃんも一杯飲んでよ」と言う。

「お、ありがとう」

「ハルは、なんか飲むか。水？」

「うちはここでビールにかえってくるのだ！」

店主にむかってハルが笑う。

「あの……大丈夫？」

そう、ハルに聞く。

「だいじょーぶだよ。エースはね、この街のお兄ちゃんみたいなもんだからねぇ」

わたしが聞いた「大丈夫？」の答えではなかったが、ハルが明るく言うのでまぁいいかと思う。

「すごかったでしょ？　エースのＤＪ」

「うん」

正直、音楽のことは全然詳しくなかったし、初めての場所だったからよくわからない。

けれど、すごかったし楽しかった。本当に。

「無理しなくていいよ。なんかジウの前だとこいつ知ったかぶってるけど、ハウスとテクノの違いも知らないテキトー野郎なんだから」

「もう！　それ言う必要なくない？」

カウンターから出てきたビールをもらい、店主の持ったグラスとみんなで乾杯する。

不思議な気持ちだった。

少し前に流れついた、まったく知らない街。素性も、ほとんど知らない人たちに囲まれて、なのに、生まれ育った場所にいたどのときよりあったかかった。

わたしたちはかなり酔って店を出た。お金はエースが全部払ってくれた。

「あの…。わたし、なにすればいいですか？　コタロウから生は禁止って言われてるんですけど……」

狭い路地裏を歩きながら、こっそりエースに尋ねてみる。

無数のレコードを納めたジェラルミンのケースを引きずるのをやめ、エースがじっとわたしを見た。見て、やがてその大きな手をわたしの頭に乗せ、

「馬鹿。お前もこの街の後輩だろ？　酒おごるくらい当たり前だっつぅの」

とぐしゃっと髪の毛をかき混ぜる。ひとり先をいくハルは、〈思い出横丁〉と書かれた安っぽい灯りの看板をくぐって、ふらつく足で楽しそうにターンしている。


わたしたちは三人で広場に向かった。途中、新しくオープンしたらしいラーメン屋の入口に、たくさんの祝い花が飾られていた。店はもう営業を終えているようで暗い。ハルが「かわいい」といってスタンドに挿してある花へ顔を近づける。

白くて大きな花弁がハルの鼻に触れて揺れる。

「これなんていうの？」

「百合だろ？　百合の花」

そう言うと、エースはスタンドから花を引き抜きはじめた。茎が青々として、まだ瑞々しかった。水滴が滴《したた》ってエースのティーシャツを濡らしたが、エースは気にもとめない様

子でどんどん花を抜いていく。

「やばぁ、うける」

ハルはにやにやして、別のスタンドから抜いた花を魔法の杖みたいに振り回して遊びはじめた。

「お前も手伝え」

エースに言われるがままわたしも花を抜く。スタンドの立て札にはわたしでも知っているお笑い芸人の名前が書いてある。誰からともなく笑いが溢れて、わたしたちは汗をかきながら両腕いっぱいに花を抱えていた。百合以外に、名前も知らない花もあった。

「うち、将来の夢できちゃった」

「どうせ花屋とか言うんだろ」

「言わないでよぉ」

ハルがエースに身体をぶつけ頬を膨らます。

道々で何本か花を落としながら、歩いた。エースはケースを引きずりながらだったからより歩きづらそうだった。それでもエースは顔の右半分に彫ってある刺青を歪《ゆが》ませ楽しそうに笑っていた。右腕にも刺青がびっしり彫ってある。手首のあたりに花の形があって、なんの花なのかいつか聞いてみようと思った。先を歩く、ハルとエースの後ろ姿をこっそりスマートフォンで写真に収めた。

「うわエースさんじゃん。なんでそんなに花持ってんの?」

広場についた途端エースの周りに人だかりができる。いつもはなんとなくグループに分かれて各々交わらない人たちも、エースを囲んでひとつになっている。

「ほら、これみんなにやるよ」

抱えてきた花たちをエースが配りはじめた。

みんな「いらねぇ」など軽口を叩きながらも嬉しそうに受け取っていく。夜はもう深い。街の光は消えないが、どこか祭りのあとみたいに疲れているように見える。アルコールと、アンモニア臭のうっすら漂う広場に花が一輪ずつ散らばっていく。灰色の広場に彩りが広がっていく。

エースの隣でハルと一緒に花を配りながら、

「なんか花咲じいさんみたい」とつぶやく。

「たしかに。よっ、花咲じいさん」

茶化すハルを「まだじいさんじゃねーし」とたしなめるエース。

「あ。今度さぁ、うち遊びこいよ」

「いーねー。なにする、タコパ? 焼肉? あ、闇鍋?」

「なんでもいいけど」

「たのしみーぃ。ね、ジウ」

わたしは頷《うなず》く。花配りに飽きたのか、ハルはエースに残りの花を押しつけ、代わりにもらった缶チューハイを飲みはじめる。


けっこう長い時間、わたしたちは電車に揺られていた。

窓の外ではいつまでもビルたちが流れている。ハルは、彼女のことを初めて見つけたときみたいに、気だるそうにスマートフォンをいじっていた。眠くなったのか、わたしの肩に頭を凭《もた》れてくる。あのとき向かいの席に座っていたハルが、今はわたしの隣にいる。一緒に暮らしている。それがなんとも不思議だった。

急に電車はトンネルへと入る。

暗くなった対面の窓に、ハルの隣で足を組み座っているコタロウが映る。

「今度エースんち行くけど、来る?」

ハルの問いかけに、コタロウが頷くとは思ってなかった。行く。と短く答え、三人でエースの家まで遊びにいくことに決まった。

わたしは未だに、コタロウのことをよく知らない。いつも部屋でスマートフォンをいじって、ふらっといなくなる。朝方帰ってくることもあれば、数日姿を見せなくなることもあった。それについて、ハルはなにも言わない。

二人が付き合ってるわけじゃないのは察している。けれど、じゃあなんで、二人で暮らしているのか。それを聞くと、なにかが壊れそうな気がして恐かった。だからそんな質問はしないし、きっと質問をして壊れるのはわたしのほうだと思う。

トンネルを抜けるとき、電車がガタンと大きく震えた。また光が戻って、窓に映るわたしたち三人の姿は消えた。さっきまでの続きであるはずの景色がまぶしかった。まぶたを何度か閉じて、開けてをくり返すと、目がゆっくりと光になじんでいった。

わたしたちは八王子という駅で降りた。着く頃には乗車客もかなり減っていた。街は活気がないわけではなかったが、どこか寂しい印象を受けた。でもそれは、わたしが新宿という場所で暮らすことに慣れてきたからかもしれなかった。

駅から二十分ほど歩く。なにか甲高い声を発しながら走っていく子どもと、対照的にのろのろと動く老人たちの姿を道すがら見た。ハルはコタロウをからかったり、わたしに

「おんぶしてー」とねだったりした。空に、厚い雲がかかりはじめていた。ひと雨きそうだったけれど、わたしたちは三人とも天気予報など見てはなかった。

「ここ」

コタロウが言う。

そこは外壁のところどころ剥げた質素な三階建てのアパートだった。錆びた外階段を踏み鳴らして二階へと上がっていく。格子窓に、ビニール傘が三本かかっている。窓は開いていて、ハルがチャイムも押さずに中へと呼びかける。

「えーすー、着いたぁ！」

「はーい！」

返ってきた女の人の澄んだ声にどぎまぎしていると、扉が開いた瞬間にハルが抱きつこうとする。

「凛子さーん」

「ハルちゃん久しぶり、コタロウくんも元気？」

どうも、とコタロウがぼそっと会釈する。凛子さんと呼ばれた女の人のお腹はふっくらとしていて、抱きつきかけたハルがしゃがんで「こんにちは」と手を当てる。

「この子、ジウっていうの。今三人で一緒に住んでる」

「あら。はじめまして」

凛子さんが優しい眼差しを向ける。

「あ、こ、こんにちは」

にっこり微笑むその顔に、わたしはかろうじて答えた。

「入って入って」

促してくれる凛子さんやハルたちに続いて家に入った。わたしはこういう、不意に受ける優しさというものに、まだあまり慣れていない。


中に入るとエースが台所に立って鍋とにらめっこしていた。

「おぉ、来たか」

「エースんち遠すぎぃ」

「うるせーよ」

コンロの前に立ち、さっそくハルはエースと戯れだす。すき焼きの匂いが、たぶん1LDKという間取りの室内に満ちている。ぐつぐつと小気味いい音が食欲をそそる。不意にぐうっとお腹が鳴った。

「聞こえたぞージウ」

そういうのには耳聡いハルにいじられながら、恥ずかしいの紛らわそうと、食器を居間の食卓に運ぼうとしている凛子さんに「あ、なんか手伝います」と声をかける。

「ありがと。じゃあその小皿とお椀お願い」

コタロウはさっさと居間に座っていた。ちょっとは手伝えよと思いながら、新参者のわたしは黙って皿を食卓に運んでいく。

みんなが居間に座るとぎゅうぎゅうになった。エアコンの効きが悪いと言って窓を網戸にして、かたかた小さな音のする扇風機の風をハルと取り合う。近くに商店街でもあるのか、外から音楽がうっすらと部屋まで流れ込んでくる。

「じゃ、乾杯」

エースの声に合わせ、わたしたちは缶ビールをぶつけ合った。凛子さんは酒の代わりに麦茶を飲んでいる。汗をかいて飲むビールはやっぱり美味しい。ハルたちと生活するようになり、わたしは酒の味を覚え始めている。

「こんな暑いのにすき焼きって」

「じゃあ食うな」

「しかも豚肉……。わたしは牛肉を所望します！」

「じゃあ自分の金で買ってこい！」

文句を言いながら、ハルが一番よく食べているのが面白かった。湯気で喉をはふはふいわせ、首筋の白い肌がうっすら上気している。そんな様子を凛子さんは穏やかに見ている。ほとんどカップ麺か惣菜パンで済ますエネルギー摂取。久しぶりに食事してるんだと感じる。

そういえば、コタロウが箸を使ってなにか食べているのを初めて見た。というか、いつもなにを食べて生きてるんだろう。左手で器用に豆腐を掬《すく》う手つきは、普段の生活からすると想像できないほどちゃんとしている。さすがK大生。いや、大学は関係ないか。でも育ちがいいのだろう。わたしの不格好な箸の持ち方とは全然違う。

「ご飯、おかわりする？」

凛子さんにいわれ、「あ、ありがとうございます」とつい頷《うなず》いてしまう。ハルみたいに痩せたいのに……。

「俺がついでくるよ」

自分の茶碗も持ちながら、凛子さんの代わりにエースが席を立つ。

「うわぁ、いい人ぶっちゃって」

ハルが茶化すと「いつもいい人よ。子どもができてからはね」といたずらっ子みたいに片目をつむって微笑む。ひと言余計なんだよなぁ、とこぼして炊飯器からご飯をよそい、エースがつぶやく。

「コタもたまには米食えよ、米」

「いらん」

「そんな痩せっ放しで……。病気になんぞ」

「コタロウがエースみたいにごつくなったらどうすんの」

ふん、とハルが鼻を鳴らす。やっぱりハルは痩せてるほうがタイプなんだろうか。お椀に盛られた残りすくない白い米粒をわたしは眺める。

散々食べ、散々ビールを飲んだ。外が暗くなりはじめて、凛子さんはベランダに干していた洗濯物を竿から取り込んでいた。

洗濯物の中に、淡い緑っぽい色をした作業着が交ざっている。ところどころ土の飛沫みたいな染みがこびりついて、きっと洗っても取れないんだろうなと思う。

「エースってDJ以外にも仕事してるの？」

「DJはただの趣味だよ。そりゃ音楽で食ってけたらいいけどなぁ」

すっかり赤くなった顔で、エースはコップに注いでぬるくなったビールをちびちびと啜《すす》っている。

「いつもは土方仕事。下水道の工事とか、ビル建てるときの下請けの下請けとか」

「はやくパパに偉くなってもらわないとねぇ」

お腹をなでて、凛子さんが笑う。

「俺が偉くなれるか。中卒だぞチューソツ。コタみたいにちゃんとした大学出てるやつがお偉いさんになるんだよ、なぁ？」

エースに肩を叩かれ、コタロウは不貞腐《ふてくさ》れたように、

「別にそんなことないやろ」と吐き捨てる。

「あるの、あんだよ。この世界はそーゆー風にできてんの。コンクリもこねれてないやつがうちの現場のボスなんだぞ。あいつどこ大っつってたっけなぁ」

はいはい、と凛子さんがエースをいなす。「うちの子も、コタロウくんみたいに頭よく育ってほしいね」と言った凛子さんにはなにも答えずコタロウは立ち上がり、換気扇の下で煙草を吸いはじめる。あの、地下の店で客たちを指揮者のように踊らせていたエースが、猛烈な陽射しのなか汗を垂らしてシャベルを振るっている姿はうまく想像できない。反対に、わたしが知らない男に身体を売ってる姿をエースには想像できるだろうか。そう考えたらちょっとおかしい。おかしいから、ちょっと寂しかった。

わたしたちはエースのパソコンとよくわからない機材を使ってトラックメイキングの真似ごととして遊んだり、トランプで延々ババ抜きして笑ったりして家を出た。

外はすっかり暗くなっていた。凛子さんが「泊まってけば？」と言ってくれたが、「寝るスペースないじゃん」とツッコむハルに「たしかに」とまた屈託なく笑っていた。道すがら、人の気配はほとんどなかった。聞き覚えのある虫の鳴き声がうっすらと漂っている。

黙って、三人で駅まで歩きながら、またここに来たいなと思った。凛子さんのお腹の子どもはもうすぐ産まれるという。「不思議だよね。こうやって食べてるものが、この子の栄養になるって」。豚肉のすき焼きを食べてつぶいた凛子さんの声あったかかった。なぜか、まだ産まれてもないエースと凛子さんの子どもの頭を無性に撫でたくなった。そして、自分にこういう種類の感情があったことに驚いた。

わたしがお腹の中にいる頃、お母さんはどんな気持ちだったんだろう。この時間の上り電車はがらがらだった。わたしらは余裕で座席を占領すると、気を失うように眠った。三人、肩を寄せ合うように眠って、新宿まで帰った。

コタロウから紹介してもらった男と新大久保の安ホテルで寝た。

その男は三万円くれた。

帰りに伊勢丹を見てまわって、なにも買わず、「達磨」で担々麺を食べてホテルに着いた。誰もいなかった。瓶にはすでに万札が三枚入っていた。ハルかコタロウ、くしゃっとぞんざいに突っ込んであるから、たぶんハルが入れたんだと思う。

わたしも万札を一枚、瓶に突っ込む。床には相変わらず、脱いでそのままの衣類が散らばっている。ちょっと迷って、わたしはそれを一枚一枚拾い上げる。ハルの、モスグリーンのスーツケースをがばっと開いて詰めていく。キャミソールに染みたハルの匂いを嗅ぐと、身体の奥がほのかに温かくなる。

三人の衣類を詰め終わるとスーツケースの取っ手を持ちホテルを出た。がらがら、がらから。夕暮れの街で音を引きずって歩く。

歩いて十分ほど。歌舞伎町を抜けて、大久保方面へと向かう途中にコインランドリー「ふたば」がある。ホテルでも預ければ洗濯ができるが、コインランドリーのほうが安い。

それに、ホテルのスタッフとはできるだけ関わりたくなかった。

「何歳ですか?」もしくは「何号室ですか?」と聞かれた時点で終わる。ホテルの部屋はコタロウ名義で取ってある。本来、ハルもわたしもそこにいてはいけない存在。バレたらどうなるんだろうか。立ち退き？　追加で料金を払う？

それはコタロウもわからないと言っていた。でもホテル側だって、空室をまんまにしておくよりマシでしょ。ハルが知ったような顔で楽観的に笑う。

わたしたちの王国は脆《もろ》いのだ。

でも、だからそこは特別な場所。ハルもコタロウもわたしも、切れかけの蛍光灯に吸い寄せられた蛾と一緒。

ふたばに入ると、見覚えるのある背中があった。

「ササキ？」

「おー。なにしてんの」

「いや、洗濯でしょ」

そっかぁ、とだらしない顔をしてササキが笑う。白いティーシャツはよれて、汗染みが鉄錆のような色に変色し滲んでいる。酸っぱい臭いが漂っている。

「このへんに住んでるんだっけ」

スーツケースからランドリーへと衣類を移しながら聞く。

「いや。まぁべつに家ってのもないんだけど、最近は池袋の知り合いんちに転がってる」

「ふーん」

ササキの「転がってる」とは、言葉通りに転がってるだけなんだろう。風呂も入らず、食べもせず、もう使うことのない壊れた玩具みたく転がっている。衣類を移し終え、ポケットでじゃらじゃら騒いでいた百円玉をコイン投入口に放り込んで、あ、と思った。

「そのシャツも洗う？」

「あーうん」

その場でいそいそ脱いだティーシャツを、裾だけつまんで受け取る。じっとり汗で湿ったそれを追加でランドリーに入れ、スタートのボタンを押す。わたしたち三人の生活の跡にササキのティーシャツが交ざり、丸い銀の筒の中で回る。ジーッと音がする。水が注入されていき、液体洗剤が溶けていく。

腕や背中は痩せぎすのくせに、お腹周りだけ贅肉のついた上半身裸のササキと、洗濯が終わるのを木のベンチに座って待つ。

「エース、子ども生まれたな」

「そうだね」

「名前知ってる？」

「柚《ゆず》くんでしょ」

「じゃあ、エースの名前は？」

「名字だけ。カネモリ、だっけ」

まえ、エースの家に行ったときポストの表札にあった。

「カナモリな」

柚《ゆず》くんと会った？　そう尋ねると、ササキはふっと笑った。お腹の贅肉が震える。

「俺みたいな奴に会わせるわけないだろ」

「…そうかな」

「そうだよ」

「エースだったら別に誰がどうとか考えてなさそう」

ササキはそれに答えず、代わりに洗濯機がグッ、グッ、と鳴って震えた。次にまた水が注がれる音。コインランドリーはどこか心が安らぐ。音が溢れているからかもしれない。人の声じゃなくて、機械による音は感情も欲望もないから楽だ。ただの静寂は、寂しさでしかない。矛盾した存在の証明がきっとわたしには必要なのだ。洗濯が終わると、衣類を乾燥機に移してまた小銭を入れる。

昨日、三人でオーバードーズしているとコタロウから「お前、錠剤の量多すぎだよ」と注意された。それになんと答えたか、量を減らしたのかは、記憶が飛んでてよくわからない。ただ、矛盾だなぁ、という言葉が脳に深く刻まれていた。生きるため、身体を売って、オーバードーズして。コンドームの有無や錠剤の量を気にかけて。抽象的に、矛盾だなぁと思ったことだけを覚えている。

「ササキってさぁ、今なにして働いてんの？」

「ウリ。男とね。ふつーのバイトはながく続かん」

「へぇ」

「まぁ、女もいけるけどね。女にはあんま需要ないから俺」

「ふーん」

「うん」

「……てか、なんでここいたの？」

「外暑いから」

「……」

乾燥機が止まり、中からササキのティーシャツを引っ張りだした。

汗の臭いはすっかり消えていたが、繊維にからみついた染みはまだ残っていた。衣類をスーツケースに仕舞うと、わたしはランドリーを出た。ササキはまだいると言った。どうせほら、どこ行っても暑いからなぁ。服、ありがとな。

ササキに手を振る。ササキもわたしに手を振った。自動ドアが閉まる。夕陽はすっかり落ちきって、街はピカピカと光り始めている。

「あの…。すみません」

職安通りを横切り大久保公園を歩いていると、声をかけられた。知らない男。きょうはもうウリをするつもりはなかった。むやみにしたらコタロウからも叱られる。無視して通り過ぎようとして、

「あ、あの、僕こういう者で！」と名刺を押し渡してくる。

——(株) 麒麟社　週刊ルポルタージュ　記者　近藤海人
人生で二枚目にもらった名刺。

ふと、「たにえる」はなにしてるんだろうと思った。名刺を捨ててたきり、一度も会ってない。まぁこの街で暮らしていれば、そんな人間はごまんといるんだけど。

「よかった。あの、ちょっと時間いいですか？」

近藤という男はわたしが立ち止まった理由をなにか勘違いしていて、安堵したような表情で額から垂れる汗をハンカチで拭く。

「なんですか？　雑誌？　記者？」

「そうなんです。えっと、今歌舞伎町で暮らす若者たちの取材してて。その、荷物見て、もしかしてこのあたりに住んでらっしゃるのかなぁって」

妙にへりくだった言葉遣いで近藤がスーツケースを指さす。それで思い出した。はやく畳まないと洗濯物に皺《しわ》ができる。ハルの服に皺ができちゃう。

「住んでたら、なんなんですか？」

わたしは再び歩き出す。近藤が後ろから追いかけてくる。

「あの、ちょっとだけでも取材させてほしいんです。最近あなたみたいな若者がですね、そのとてもこの街に多く集まっててですね。いろいろ犯罪とかも起きてニュースになってるの知ってますよね？　ほら、あの、ホームレスの方がリンチされて殺された事件とか。それでですね、今度特集記事を組むんです、うちの雑誌で。だから、取材をさせてほしいんです。謝礼は払います。取材、させてほしいんです」

わたしはそこで足を止めた。

「謝礼っていくらですか？」

そう、尋ねた。

——じゃあ、お願いします。一応録音してるんで、嫌なときとか言ってくださいね。

「はい」

——この街に住んでどれくらいですか？

「三ケ月くらいですかね」

——どこで寝泊まりしてるの？　マンション？　ホテル？

「ホテルです。友達と三人で暮らしてます」

——へぇ。男女比は？

「女二人の男一人です」

——その男の人って、どっちかの恋人？

「いえ、違うと思います」

——そっか。共同生活は楽しいですか？　あ、もしよかったら、あなたのお名前を教えてください。

「名前は…ハルです。三人でいるのは楽しいです。一人より三人でいるほうがいいです」

——仲がいいんですね。ハルさんの他の二人はどんな人なんですか。

「一人は、大学生で頭いいけど暗いやつで……もう一人は鈍臭い子ですね。わたしの真似ばっかしてくる感じで。でも、悪い子じゃないです、たぶん」

――家には、帰ってないんですか？

「はい。べつに帰りたくないんで」

――差し支えなければ、理由はなんでですか。

「いや、うーん。居場所ないし。ここがいたい場所なんで」

――そうですか。実家では、なにか嫌なこととかあったんですか？

「それは……ちょっと言いたくないです」

――あ、じゃあ全然大丈夫です。えーっと、普段はどうやって暮らしてるの？

「んー、なんていうか、援交みたいなこととか。簡単に稼げるんで」

――どうやって相手見つけてるのかな。

「SNSで」

――危なくない？　そういう目に遭ったことは。

「危ないことにはなってないですね。ちゃんと、ルール守ってるんで」

――ルールって？

「まぁ、普通にゴムちゃんとつけるとか。先にお金もらうとか」

――この街ではなにしてるときが楽しいですか。

「なんだろ。みんなでお酒飲んだり、広場で遊んだり？　べつにふつーのことですよ。その辺にいるうちらと同じくらいの子たちがやってること。あとＴｉｋＴｏｋとか」

――クスリとかは。やらない？

「違法なのはやってないです。市販薬でＯＤするくらい」

――オーバードーズって、どんな感じ？

「んー、なんかふわっとなって、気持ちよくなるっていうか、いろんなことどうでもよくなりますね。お酒飲んだののもっとふわふわするバージョンっていうか。あんまやり過ぎるとバッド入ったりしますけど。嫌なこととか一瞬ですけど吹っ飛ぶみたいな」

――へぇ。あの、話変わりますけど、さっきちょっと言った、ホームレスの方がリンチされて亡くなった事件のこと、なにか知ってたりしないですか？

「知らないですね。そういうの全然知らなくて、ごめんなさい」

――わかりました。もし、些細なことでもいいんで、なんか噂とかでも聞いたら教えてください。あの事件ね、現行犯で捕まった男がいるんですけど、どうもまだ他にもその場にいた人間がいるみたいで。それだけが知りたいわけじゃないんですけど、個人的に興味があって。こちらこそすみません、関係ないこと聞いちゃって。

近藤からの取材が終わり、わたしは五千円もらった。もし領収書をもらえたらもう少し払えると言われたが、「領収書」がなんなのかよくわからず、五千円でいいと答えた。身体を売る以外で初めてもらった報酬だった。近藤がもしよければというのでLINEを交換し、アイスコーヒーを飲み干してドトールを出た。

畳んだ洗濯物を詰めたスーツケースをがらがら引きずって歩きながら、わたしは妙な興奮を覚えていた。とっさについた嘘。「名前は…ハルです」という、その語感を思い出してドキドキする。これで、今日から近藤にとってわたしは「ハル」なんだ。ふふ。仄《ほの》暗い熱が耳たぶを赤くする。ちょっと鳥肌立つ。ちょっとした罪悪感もこの興奮の材料のように思う。また近藤に会いたい。近藤に会うたびに、話すたびに、わたしはハルに近づける。そんな気がする。

近頃コタロウはホテルを数日空けることが多くなっていた。コタロウがなにしてようが興味ないけど、ハルがあからさまに寂しがるから困る。

その夜、ハルから連絡があって、池袋にあるホテルに向かった。

駅の西口を出る。傍の公園では若者たちがなにやら騒がしい音楽をかけてラップを歌っている。その周囲でスーツを着たサラリーマンたちが何食わぬ顔で煙草を吸っている。公園を抜けると美しい造形の建物があって、「東京芸術劇場」という看板があった。入ってみたいなと思いながら、一生わたしはこんなところに入ることはないだろうなとも思った。

そこから二、三分歩いたところにビジネルホテルは建っていた。

「着いた」とLINEするとすぐにスマートフォンが震える。画面を見ると返信ではない。電話だった。通話ボタンをタップすれば裏で悲鳴のような叫び声がする中、ハルの酔った言葉が聞こえてくる。

「ろくまるさんねぇ、エレベーターで上がってくるんだよ。フロントは黙って通り過ぎないとダメだから。ダメよーバレたらぁ、待ってるからぁ。ばいちゃ」


缶チューハイを取りに備えつけの冷蔵庫の前でかがむと、背後でばりばりと錠剤を噛む音がした。すみちゃんと呼ばれている、わたしよりちょっと歳上ぐらいの女の子がフィルムから押し出したメジコンの錠剤をウイスキーで流し込んでいる。隣でオタクっぽい雰囲気のメガネをかけた男が「LSDはだめだね、あれは戻ってこれなくなるよ。でもね、大麻は大丈夫だね、あんなの煙草と一緒だしね。っていうか煙草のほうが依存度は高いからね」と講釈を垂れて笑っている。

「あいつ、医者らしいよ」。うち苦手だけど。そう、さっきハルが教えてくれた。

ぼやけた視界の中ようやく冷蔵庫から缶チューハイを手に取ったわたしはその冷え切った表面に手が同化し溶けていくのを感じる。べつに恐くはなかった。むしろ心地いいくらいで身体の奥からどろっとした笑みがこぼれる。

パーティーだよパーティー！

そう、この会の主催者らしい緑色の髪をした男がベッドの上に立って高らかに宣言する。ありふれた部屋の照明の光がこの世界でもっとも美しい光に感じる。板橋にある銀行の窓口で働いているという女が、鹿児島から出てきたけど友達ができないと訛《なま》った言葉で愚痴りながら穿いていたストッキングのつま先あたりを脱いでびりびりと破き始める。

寂しいの？

そう尋ねたメガネの男の目はこまかく震え、べつに友達なんていらないと思うけどな。いるのかな、友達って、と独り言みたいにつぶやいている。

ツインベッドの片方にこしかけ、なぜか上半身裸になった格闘家のようながたいの男は馬鹿にした顔でその九州訛りの女のことを見ている。彼のお腹には大きな傷がある。なんの傷なのかわからないが、たぶん誰かに見てほしいんだと思う。

ねぇ、ジウ。楽しくない？　楽しいよね、ここ。もうすぐササキも来るっぽいよ。てかさっきササキと会ったんでしょ、コインランドリーで。ササキが嬉しそうにいってたよ、あいつ汗臭いから喜んでたし、優しいよねジウって。エースも来ればいいのになぁ、でも遠いからなぁ。ハルが蕩《とろ》けた目をしてわたしの顔を覗《のぞ》き込む。たぶん、遠近感が飛んでいる。ハルの唇は乾いている。缶チューハイを啜《すす》る。

炭酸の泡が弾けるこの液体をすぐ傍にあるハルの唇に染み込ませてやりたい。ぷつぷつと音を立てて小刻みに入った線からチューハイの成分が浸透していく。そうすればあっという間に、たとえばドライフラワーがまだ地面に根を張って瑞々しく生きていた頃のように、ハルの唇は蘇るだろう。柔らかで、優しい色を取り戻すだろう。

唾が湧いてくる。誤魔化すように、さっきこの部屋で会ったばかりのすみちゃんからもらったメジコンの錠剤を二つ噛む。こめかみで張っていた筋が溶け、一瞬その場に沈んでいくような快感がある。

わたしの足が植物の根っこだとして、じゃあこの部屋の、この床を突き通し、栄養を吸っていったらどんな花が咲くのかな。そんな妄想が脳を支配しはじめる。黄色？　オレンジ？　水色？　花が咲くならなんでもいい。ハルがわたしの太ももにふくらはぎを乗せてあったかーいともつれた舌でいう。

えー、あたしも交ぜてよう。

すみちゃんが甘えた声でハルの耳たぶをぺろっと舐めた。ハルは湿った吐息を漏らして頷《うなず》く。それと連動するようにわたしの頬が熱を持つ。これあげる。そういって、なにかを差し出された。手の上を見るとちっちゃな塊が載っている。知らない？　金平糖。甘いよー、噛まずにね、ちゃんと最後まで舐めてなくなったら幸せになれるの。すでに幸せそうな顔をしているすみちゃんの右腕には模様がある。赤く、皮膚が破けて少し肉が盛り上がり、HEALTHという文字になっている。これをちゃんと「ヘルス」と読めただけで、「健康」という意味だと理解できただけで、わたしは泣きそうなくらい嬉しくなる。

煙草ちょーらい！

誰かが叫ぶと、まだ誰かが、おりゃあ、と叫び返し、黄色い箱が飛んでいく。ライターをこする音。火がつく刹那の、とてもかすかで繊細な聴き心地。すみちゃんからもらった金平糖がゆっくり舌の上で溶けていくのがわかる。完璧でね、完全で最高にキマったときにね、金平糖を舐めるでしょ。そしたらあたし、金平糖になれるんだ。あたしが、あたしの口の中でなくなっていくの。わかる？　めっちゃ気持ちいいんだから。適当なオナニーとかセックスより全然気持ちよくてね、だからあたし、いっつも金平糖になりたいって思うんだよね。すみちゃんはにっこり笑って、わたしにそう教えてくれた。

コタロウは来ないの？

来ないっしょ、あいつこういうの嫌いだし。っていうかほら、あんときさぁ、あいつアストマリ飲み過ぎてパキッてから恐いんだよ。ウケたよねぇ、「腕が動く、腕が動く」って自分の腕にびびって泣いてんだもん。あ、でもちょっとかわいかったかな。だから誘ってない。あ、このパーティーのこと内緒だよ？　ぜったい機嫌悪くなるし。と、ここまで言ってハルの視線がうごく。その先では上半身裸の男が九州訛りの女の口を吸っている。

ハルが手を叩いて笑う。

どーぶつ！　どーぶつ！

すみちゃんが通報でもするように声を出す。

ねえ、そーゆーの外でやってよ。

医者だという男が迷惑そうに主張するが、誰も話を聞いてくれなくて、くそっと吐き捨ててメジコンを噛む。ふわふわする。座ってても、立っていても、浮いてる感じ。音楽が流れ、それがなんというアーティストの曲なのかわからないが、脳全体がスピーカーのようになってわたしのすべてが震える。音楽との肉体の間が溶けて一体となっていくのがわかる。気づけばササキがいる。

あれ、いつ来たの？

尋ねたあとに、ササキがこの部屋に入ってきたときの残像がフラッシュバックする。と、いうことはつまり、わたしはササキが来たことを知っていた。見ていた。でも、「いつ来たの」かがどうやっても理解できない。記憶の時系列がバグってきている。ササキはガラス製の丸テーブルに散らばったアストマリの錠剤を両手で掬《すく》う。それを一気に口に含むとわたしが持っていた缶チューハイを奪い取って流し込む。

せんせい、なぁ、せんせいよう。こういうのってさぁ、もっとやばいのあんたら持ってるんだろう？　もっとクリアにがっと効くやつさぁ、持ってるんだろう？

もともと酔っていたのかもしれなかった。ササキは壁から突き出た照明を「せんせい」と呼んでにやつきながら、なぁ、なぁ、としつこく迫っている。

待って！

急に、すみちゃんが甲高い声で言う。誰かと電話しているようだ。

耳につよくスマートフォンを押しつけ、ねぇ、待ってって！　聞こえる？　ダメだよ、ねぇ、電話切っちゃダメだからね！

今どこいるの？　うん、うん、じゃあそこから動いちゃダメ。そう言うすみちゃんの顔色は青い。夢から覚めたような表情で、ハルに、ねぇ、どうしようと縋《すが》りつく。

ほっとけ、どうせなんもしねーよ。本当に死ぬやつはなぁ、わざわざ電話なんてしてこねーんだよ。女の口を吸っていた上半身裸の男が、なぜか怒ったように言う。わたしにはなんの会話かわからない。すみちゃんの額から脂汗が滲んでくる。医者が、落ち着かせなよ、と面倒臭そうにこぼす。中野坂上のね、マンションにいるんだって。うん、でも、どうしよう。車は？　電車は？　とりあえず向かおう、と言ったハルの頬がぶたれて弾かれる。こんなラリっといて外なんか出せねぇだろ。

「あ」

すみちゃんが目と口を丸く開けて固まる。スマートフォンを持ったまま膝から床に崩れ落ちる。先に倒れていたハルはかろうじてすみちゃんの身体を支える。

「落ちちゃった」

はぁ？　ササキがようやく濁った目を向ける。

「さよならって、言われた。バイバイって意味？　変な音。グシャって。あれ、たぶん、ダメだ。切れたし、電話」

故障したロボットみたいな口調で、すみちゃんは言う。そしてはっとする。

「あたし、さよなら言ってないや」

電話が切れて、すみちゃんは完全に壊れてしまった。

放心したように、ずっと黙っていたかと思ったら、急に大声で叫び出し、レスタミンの入っていた瓶を壁になげつけた。瓶は、鋭い音を一瞬発して割れた。中から錠剤が飛び散って、部屋の照明に色づけされたそれは花火みたいだと思った。

「いぃいぃいぃやぁぁぁぁ！」

すみちゃんが、鼓膜が裂けるような叫び声を上げる。

慌てた男たちが羽交い締めにして抑えつける。一人がベッドからシーツと枕カバーを剥がし、暴れる両手両足を無理やりしばる。手足の自由をうしなったすみちゃんは、それでも芋虫みたいに床でうねうねと動いた。何度も、何度もいろんな箇所に頭を打ちつけるので、額は腫れ、血が滲んで黒ずみはじめている。

「すまん…すまん……」

そう繰り返しつぶやきながらササキはすみちゃんの口に備えつけのハンドタオルを突っ込んだ。声にならない声が、ガサついたタオルの繊維からまだ漏れている。

どうせまだ死んだかわからないんだからさぁ。

「医者」と呼ばれる男は静かに言ったが、黒目がぶるぶる震えている。

いっ！

上半身裸の男が悲鳴をあげる。足を持ち上げ裏のほうを見ると、白い靴下の踵《かかと》あたりに赤い線ができている。割れた瓶の破片で切ったのだろう。男は大きく舌打ちをして床に転がったすみちゃんの腹部に蹴りを入れる。

「おめーのせいで歩けなくなったらどうすんだよ！」

「やめろって」

もう一度蹴ろうとする男をササキが止める。

「どうせ死んでねーよ。あいつ、前も死ぬ死ぬ詐欺だっただろ？　なぁ？　あんときも飛び降りたの四階だったろ？　なぁ、本気だったらなぁ、もっと高いところからじゃないと死なねぇんだよ。八階から飛ぶっつってたくせにさぁ。直前でビビりやがってさぁ。大体、死ぬなら勝手に死ねよなぁ。わざわざ電話してきてさぁ、あいつお前と付き合ってたんだろう？　てか別れたんじゃねーのかよ。もうぜったい連絡しないとか騒いでさぁ、なんなのお前ら。そういうのこっちに持ち込んでくんじゃねぇよ、他所《ほか》でやれよ。せっかくのパーティーぶち壊しだろうが。あぁ？　薬抜けるまでそこで転がっとけ、ボケが」

「お前また刑務所戻りたいの？」

そう言って煙草に火をつけたササキの胸ぐらを、男がつかむ。あぁ、わたしが洗ってあげたティーシャツ伸びちゃうな。わたしはソファに凭《もた》れ、ぼんやりとした頭で思った。

目の前の光景にどうもリアリティがない。

映画。そう、あんまり経験はないけれど、映画を観てるような気分。

隣ではハルがうずくまって泣いている。声を押し殺して、泣いて、そのすぐ傍でササキと男が言い争っている。

こんなにも近いこと。同じ空間で、立体的に起きながら過ぎていく本当が、なんだか嘘っぽくて遠い。まだオーバードーズの最中にいるんだろうか。そういえば、幼い頃「おとうさん」が現れるより前に、お母さんと劇場で観た映画はなんだったのかな。タイトルは思い出せない。お母さんが暗闇の向こう——スクリーンに映った光の粒が、男の人や、老婆や、ビルの立ち並ぶ街や、透き通った空や、小さな女の子の姿に移ろっていくのを観て、泣いていた横顔しか思い出せない。

日が昇りきってから、わたしはハルと部屋を出た。

すみちゃんについては「俺が見とくよ」というササキに任せることになった。

「大丈夫?」

尋ねると、

「ついでに、しばらくこいつの家に転がり込むわ」

と言ってササキは笑っていた。ハルはなにも言わなかった。

物憂げなサラリーマンたちに混じり、始発電車でわたしたちは新宿に帰ってきた。打ち捨てられたゴミに群がるカラスたちを避けながら、ようやくホテルまで辿り着いた。部屋にコタロウの姿はなかった。コインランドリーから戻ってきて放置していたスーツケースも、丸テーブルの上の小瓶も、ベッドの皺も、何事もなかったように昨日のまま。

テレビをつける。

女性アナウンサーが「上野動物園でキリンの赤ちゃんが誕生しました」と言って白い整った歯を剝きだす。四本の脚で、ふらつきながら立つまだ小さなキリンの映像。

「うわぁ」

「かわいー」

「いやぁ、ほんとに朝から癒《いや》されますよねぇ」

白を基調にしたスタジオで、アナウンサーたちが微笑んでいる。微笑んでいる。微笑んでいる。吐き気が、してくる。

チャンネルをいくつか変えてみたけど、若い男が飛び降りたというニュースをやっている番組はひとつもなかった。

「ねぇ、すみちゃんの電話の人、やっぱり死んでないよ。よかった」

振り返ると、ハルの姿がない。

「あれ、ハル？　ねぇ」

そう呼びかけても、わたしの声だけが独り言みたいに響くだけ。なんの返事もない。腰かけていたベッドから立ち上がると、浴室を覗いてみる。

乾いた浴槽からちょこんとハルの後頭部が出ている。

「なにしてんの。お風呂?」

わたしも入ろっかなぁ、とかいって。ちょっとおどけながら近づくと、浴槽の中で体育座りしたハルの身体が見えてくる。左腕は真っ赤に染まっている。右手には血にまみれたカッターが握られている。ハルは、肩で息をしながら、ゆっくりとこちらを振り返った。

「……綺麗……」

気づくと、わたしはつぶいていた。

ハルの、白くて透けるような皮膚の内側から止めどなく溢れる血は、まさにハルが生きている証だった。ハルの、命そのものだった。足の力が抜ける。わたしは浴室の床に膝をつく。ハルの首元に頬をくっつけ、背後からその、神々しいまでに赤い血液に手を伸ばす。指先が触れる。まだ少し温かい。ハルの命のぬくみが、腕を伝う血には残っている。

ジウ…?

そう、動きかけた唇を、わたしは吸った。舌を絡ませる。湧き出てくる唾液を交換しながら、ハルとわたしの体温は溶け合っていく。ハルの右手から優しくカッターを奪う。

「ずっと一緒だよ。わたし、ハルとずっと一緒だからどこにも行かないで。泣かないで。苦しまないで。ずっと、ずっと、傍にいてよ、ハル。奪ったカッターをつよく握りしめる。赤く反射している刃。

わたしはそれを、震える自分の左腕に突き刺した。


記者の近藤からまた取材をしたいと連絡があったのは、池袋でのパーティーから、一週間ほど経った頃だった。

——それで、そのあと、どうなったんですか？

「その……三日後くらいに、すみちゃんと同居人と、あとササキっていう男と四人で中野坂上のマンションに行きました。すみちゃん、げっそり痩せてて、なんかクマとかもすごくて。ササキに支えられてないとふらふらしちゃってました。その日暑かったし、なんかセミがずっと鳴いてて。すみちゃん、うるさいうるさいって文句言いながら駅近のコンビニで買った缶ビール飲んでました」

――マンションには入った？

「いや、まぁ入ろうとしたんですけど、その人死んでるし、当たり前なんですけど家のドア開かなくて……。だから、外から部屋を眺めて。すみちゃんが指差して、あそこがその子の住んでた部屋だって。あのベランダで煙草吸ったなぁとか、大麻育てようとして失敗したとか、そんな話してましたね。で、ベランダに差してた指をゆっくり下げてって、その真下の道路のところで指が止まりました。『たぶん、ここに落ちて死んだんだね』ってすみちゃん言って。だからそこに持ってきた花をお供えしました。そういうのやったことなかったからとりあえず手を合わせて目をつむって。でもお経とかし知らないし、とりあえずゆっくり眠ってくださいって祈りました」

――その亡くなった方は、すみちゃんという女性とはどういう関係だったんですか？

「なんかちょっと前までシェアハウスで一緒に住んでたらしくて。小百合さんです。生方《うぶかた》小百合、本名です。で、すみちゃんは小百合さんと、あと何人かでシェアハウスしてたらしくて、行ったらそこが病み界隈っていうか、よくみんなでODしたりしてて。そこの管理人もけっこう癖ある人だったみたいで、すみちゃんは管理人と大喧嘩して出てったらしいんです。小百合さんも、すみちゃんが出た一年後くらいに揉めて引っ越したらしいんですけど、それが中野坂上のマンションで……それで……」

――精神的に病んでたってことなんでしょうか。オーバードーズの影響？

「うーん、どっちもなんでしょうね。っていうか病んでない人っているんですかね」

――うーん……。

「てか逆に、近藤さんは病んでないんですか？」

――病んでは、いないと思うんですけど。

「ほんとに？　そう言い切れますか？　なんか、急に不安になったりしないですか？　死にたいとか、消えたいとか、もうこんな人生はやく終わんないかなとか、なんで生きてるんだろうなとか、毎日なにしてんだろうとか。思うことないですか？」

――……ゼロ、じゃないです。

「あの、まえに同居人の一人が言ったんです。『俺らはイカれてる。けどあいつらとは違う』って。聞いたときは意味わかんなかったけど、ちょっとだけ最近わかるっていうか、わかるような気がするんですよ」

たしかにわたしたちはイカれてるのかもしれない。そう、周囲から思われてるのは知っている。「まとも」ではないから、この人だってわたしなんかにインタビューしてる。じゃあ、お金を出してわたしを抱くやつらはなんだろう？　こっちが嫌がってるのに生でしようとする男は？　夜、広場でたむろっていると、馬鹿にした笑いを浮かべながらスマートフォンで写真や動画を撮っていく人たちは？　娘を犯す義父は？

「近藤さんは、どっち側なんですかね」

「えっと……」

その日、近藤ははじめて、取材者としてではなく、わたしの目の前にいる人間として声を出したように感じた。

「ぼくは……ごめんなさい、わからないです」

そう言って、顔をうつむけた。なぜかわたしは、その答えに安心した。どっち側なのか。大体、ここまで言っておいて、「どっち」を決める線がどこにあるのか、わたし自身にもわからない。

「変なこと言ってすみません」

「あ、いえ……」

「なんで小百合さんが死んだこと、どこのテレビも、報道っていうんですか、やらなかったんですか？」

「そうですね……。自殺って、その、例えば芸能人が亡くなったとかでないとニュースになり辛いというのは正直あると思います。一般の方だと事件性がないと報道されないケースがほとんどです。いじめを苦に自殺するだとか……電車への飛び込みであるとか……。

それに、まぁ報道する側の僕が言うのも変ですけど、報道されたくない人だっていますよね。残された遺族とか」

「そっか……」

同じ死ぬにしても、死に方で、価値が違うのか。この人たちは、逆に、もし報道されたくない人がいても、その「価値」があれば報道してしまうのか。

「なんか変なんです。わたし、小百合さんと会ったこともないし、だから、ほんとは小百合さんが死んだからって悲しいとかそういうのも、ない。けど、なんていうんだろう。報道とか、別にSNSとかでもいいんですけど、小百合さんが死んだってことが、そういうもので見ないと人が一人死んだんだっていう感覚がリアルじゃないっていうか……。小百合さんが生きてたこともなかったことになってる気がして」

あぁ、そうか。だからわたしたちは、日々SNSで病み投稿ばっかりしてるのかもしれない。自分ひとりだと、自分が生きてるっていう確信が持てないから。目の前の現実は想像以上に残酷で、わたしには興味がなくて、だから、「いいね！」やコメントをもらえたときに、リストカットにも似た快感がある。実感がある。なんで？　わたしは生きてるのに。小百合さんは実際に生きていたのに。ダメだ、沼だ。また危うくなってしまう。自分という存在が。

「近藤さんはわたしみたいのに取材して、価値があるの？」

「そうですね……」

三分の一くらいになったアイスコーヒーをストローで啜《すす》ると、近藤はひと息ついた。

「ぶっちゃけて言うと、始めは上司からの指示で、とりあえず話を聞かなきゃっていうだけでした。遠かったんです。新宿なんて、自分も何度も来てる街なのに、あなたみたいに若い子たちがホテルで暮らしてたり、その、ウリで生計を立ててたりっていうのが、情報としてはそういう人たちもいるよなって思えるんですけど、なんか遠かったんです。でもその遠かった場所が、近くなってきてるように感じます。もっとあなたたちのことを知りたいって、思ってます」

そう、ですか。たぶん近藤は近藤なりに、真摯に答えてくれたんだと思う。けれど、そういうことを聞きたかったんじゃない気がして、でもそれじゃあ、わたしはどんな答えがほしかったのだろう。正解のない自意識が、重い。

近藤と別れて、店を出た。近藤はまだもう少し、取材場所だった「エジンバラ」という喫茶店で作業していくというので、一人で出た。

陽が、傾きはじめている。小百合さんの件があってから、なんとなくウリをやるのも億劫《おっくう》で、しかしそうすると時間をどう潰そうか迷う。伊勢丹裏の路地で煙草を一本吸う。煙から解き放たれ体内に入ってくるニコチンが血管をきゅうっと締めつける。脳がくらくらする。いわゆるヤニクラっていうやつは、OD《オーバードーズ》の快感と少し似ている。近頃、警官の数が増えた気がする。から、さっと吸って、靴裏で火をもみ消す。

とりあえず広場に向かってみる。きょうも新宿は人間で溢れ返っている。

広場の入口に近づくと、街の音とは別に大音量の音楽が聞こえてきた。三本立ってるうち、一番手前の電灯の下で踊っている老婆がいる。片手にポータブルのスピーカーを持っていて、この音楽はあそこから流れているらしい。ファミリーマートの壁際にはブルーシートが敷いてある。車椅子に乗った小太りの男が、ブルーシートに座って酒を飲む女たちのほうをちらちらと見ている。女たちは缶チューハイを飲みながら、ときおり、ちぐはぐなダンスを踊る老婆を指差して笑う。広場の傍にある手すりに腰かけた野次馬たちは、IQOS《アイコス》を燻《くゆ》らせながら、好奇の視線を泳がせている。

老婆とは、ここで一度だけ話したことがある。なにをしたか知らないけれど、息子夫婦に縁を切られ、今は生活保護を受けて安アパートで暮らしているという。

「息子のことをもう愛せないからねぇ。あんたたちを息子の代わりにしようと思って」

そういうと、震える手でしずかにワンカップを啜《すす》っていた。喉のたるんだ浅黒い皮膚が、酒を飲むと不気味に上下していた。

そんな人が腕を振り上げ、白髪ばかりの髪を乱して踊っている脇でスマートフォンのカメラを向けていた野次馬の一人が悪ノリしてダンスに加わる。老婆と肩を組むとどっと歓声が上がる。サーカスのピエロに向けるような歓声が。

わたしは広場に背を向けた。なんだか、そこはわたしの知っている「広場」というよりも舞台となっていた。スマートフォンを向けられ、自分も観光名所の一部にでもなったみたいに振る舞う、振る舞わなければいけない。と、いう舞台。そこに、わたしの居場所はなさそうだった。テキトーに行って、テキトーにしゃべってお酒を飲んで。たぶん、わたしや「わたしら」にとっての広場は喫茶店やファミレスに用もなく集まる人たちの感覚に近いんだと思う。近かったんだと思う。けれど、なにかが変わってきていた。

いや、変わったのはわたしのほうだろうか。

今のわたしには、ハルやコタロウ、それにエースやササキがいる。いつの間にか、みんなの存在自体がわたしにとっての居場所みたいになっていた。

わたしはもう、失えなかった。

やっと手に入れた、家族とも、きっと友達とも違う居場所を。あの人たちとの関係を。

さっき吸ったばかりなのに、また煙草を吸いたくなる。

恐い。

なにが？

不安になる。

どうして？

自分の声なき声から逃げようと、あてもなく雑踏の中を歩く。

ハルは、体調を崩して寝込んでいるというすみちゃんの家に行っている。

「ジウも行かない？」と誘われたが断った。すみちゃんの、やつれた顔を見たくなかった。見ると、自分まで「すみちゃんの側」に引き込まれそうに思えた。

わたしは冷たい人間だった。ハルは、優しい人間だった。大久保公園の外周には、夕方でも立ちんぼの女たちが客を待っていた。ある女と目が合いそうになって視線を逸らす。女の目の中に、わたしがいたような気がして震える。リュックを背負ったスーツ姿の男がその女に近づく。面と向かわず、隣に立って、二、三言交わすと一緒に消えていった。

ちょっと離れたところでじっとその様子を確かめている男がいて、きっとヤクザかなにか、この立ちんぼの界隈を管理している大人なんだろうと思う。

本当のひとりになりたくなかった。

ハルもコタロウもいないホテルには戻りたくなかった。

散々歩いて、歩いて、歩いて、止まると訳もなく泣いてしまいそうで、だから、わたしはずっと歩いた。戸山公園も過ぎて、もうすぐ高田馬場駅へと辿り着く路地を右に曲がった。軒下から猫のゆらりと光る目が目の前を通り過ぎた。道の両端でひしめく家々は、どれも古ぼけていた。いや、夜だからそう感じただけかもしれない。そのうちのどの家からか、カレーの匂いが漂ってきてうざかった。わたしは小走りになって次の路地を左に曲がった。景色が変わった。そこはなにか、工場のような建物の裏口に面していた。建物のなかは明るく、白い光が高窓から漏れていた。

光の向こうには背中があった。華奢な、猫背。

「コ……」

言いかけ、咄嗟《とっさ》にわたしは電柱の陰に身を隠した。

コタロウの背中にすっと手が伸びる。手は、コタロウの背中を撫でながら腰へと移っていく。太い腕には目の刺青がみっつ彫られている——その刺青を、わたしは何度も見たことがあった。

地下にあるクラブで見た。

夜中、閉店後のラーメン屋で祝い花を抜いたときに見た。

広場で見た。

酔ったサラリーマンから援交しないかと絡まれたときに見た。

ふたつの背中はわたしに気づかないまま、路地の突き当たりを折れて、そのまま視界から消えた。呼吸するのを忘れていた。心臓が波打っていた。一瞬のことだった。

わたしは、今自分がなにを見たのか、なにを意味するのか、よくわからなかった。

ただ、見てはいけないものを見てしまったような気がした。もし声をかけてたら、二人は「おぉ」といつもみたく振り返ってくれただろうか。「一緒にメシ食うか？」などと誘ってくれただろうか。このあと、二人はどこに行くのだろうか。

その場から動けなかった。動くと、胸が擦り切れてしまいそうだった。

電柱に身体を凭《もた》れる。

雲の切れ目から、やけに澄んだ月光が降ってくる。

ハルの、顔が浮かんだ。無邪気に笑うハルの顔が。

〈ポギハダ！　ポギハダ！〉

韓国アイドルのミュージックビデオを見ている。

ダイソーで買った、ワイヤレスイヤホンを耳に押し込んで。税込一一〇〇円。ハルと一緒にお店へと行った。新宿の店舗では売り切れていて、中野でも売り切れてて、高円寺でやっと見つけた。「ジウが買うならうちはいいや」といってハルは、レジを通さずにさっとポケットに仕舞った。一一〇〇円のイヤホンを買うためにかかった電車賃はひとり四六〇円だった。でも、ハルがタダで手に入れたから元が取れた。帰ってその話をすると、コタロウは「馬鹿やなぁ」と笑わずに吐き捨てた。もともと痩《や》せているコタロウの頬はよりげっそりして、軽く筋肉の筋が見えている。あの日の、夜道で見かけた光景を、わたしは尋ねていない。いや、この先も、尋ねることはないのかもしれない。

イヤホンから流れてくるこの音、クリアなのかそうでないのか、わたしにはわからない。ただ、髪を振り乱し、歌って踊る一人のアイドルは、画面の中で躍動する女の子が、もうこの世にいないらしい。死んだ、死んだ。ＬＩＮＥ ＮＥＷＳで流れてきた。

ポギハダ！
ポギハダ！

わたしの好きな曲。の、歌詞どおり、彼女は「あきらめて」死んだのだろうか。なにを？　あんなにかわいいいい女の子が。たくさんの人から憧れの的だった人が。彼女の遺体は自宅で見つかったとニュースには記されていた。部屋のテーブルには遺書があって、

——わたしはわたしのことが好きになれませんでした。

そう、書かれていたらしい。この子がどうやって死んだのか、ニュースは教えてくれなかった。事件性はなく、解剖はしない、と。だから、たぶん、薬物とかそういうので死んだんじゃないのだろう。首を吊ったのか、首とか手首とか、血のいっぱい出るところを切ったのだろう。深く、とても深く切ったのだろうと思う。

わたしはわたしのことが好きになれませんでした。

声に出してみる。

「わたしはわたしのことが、好きになれませんでした」

けれどもその子は、今でもスマートフォンの中で踊っている。二重にしたまぶたを、ま

っすぐ整えた鼻筋を、わたしの憧れすべてを抱えて踊っている。

新宿は豪雨。生きてる実感もないのに、他人が死んだ実感まで湧かなかったら、この世界はちょっと辛《つら》すぎる。ハルも、コタロウも、きょうは珍しくずっと部屋にいる。低気圧のせいかもしれない。身体も頭も気だるくてしょうがなかった。こういうとき、わたしたちはじっとしているしかない。じっと、動かずに、息をひそめる。なにもしない。それでやり過ごすんだ。やり過ごす。憂鬱を。曲が終わるのとほぼ同時、プシュッと缶ビールのプルトップを引き上げる音がする。ハルの飲む酒の量は日に日に増えている。暇さえあれば飲んでいる。そろそろまた、コインランドリー「ふたば」まで洗濯にいかなきゃ。コタロウは汗をかきづらい体質なのか無臭だけれど、わたしのティーシャツからは酸っぱい臭いがしはじめている。床には脱ぎ散らかした服が散乱している。抜け殻、わたしたちの。

煙草はとっくに切れていた。買いに行く力は今のわたしにはなかった。

メジコンの錠剤を二錠噛む。噛んで、それでこの日何周めなのか、ミュージックビデオの再生ボタンをタップした。

ポギハダ！

ポギハダ！

ベッドでうずくまっているコタロウに、ハルがゆっくり近づいていく。ビールを口に含む。赤らんだ頬。揺らぐ視線。ほそい指がコタロウの簡単に折れそうな首へと絡みつく。ねぇ。うち酔ったよぉ。遊ぼうよぉ。ねぇ。ねぇ、ねぇ。酒で濡れた唇が、コタロウの乾いた唇へと重なる。ふふ、ねぇ。どう？　コタロウは答えない。きっと、ハルは酔っていない。

『よ。元気か』
笑ってる顔の絵文字。
『元気だよ。エースは？』
『返信はや』
『ひーまーだもん』

ほうれん草の絵文字、なんとなく気分で。

『おれも元気だよ。凛子がまたみんなでうち来るの楽しみにしてる』

『おいしかったなーすき焼き！　赤ちゃんは？』

泣きじゃくっている赤ちゃんの写真。

『こんな感じ（笑）』

『わーかわいいなぁ……。大きくなったね』

『毎日でかくなってる（笑）』

なんて返そうか迷っていると、重ねてメッセージが届く。

『や。で、ごめんな。ハル大丈夫かなって』

『なんで？』

そんなのコタロウに聞けばいいのに。

『SNS荒れまくってるっていうか、ちょっとヤバそうかなって心配で……。本人に聞いてもしょーがないかなってさ』

『あーね。まぁ、だいじょーぶだよ』

嘘。ぜんぜん、大丈夫じゃなかった。ハルは日に日に追い込まれている。形のない、けれど一番恐ろしい不安に。その不安の形がハル自身にもわかってないから、わたしじゃど

え入院することになった。

弾丸が放たれてしまったのも本当だ。体調を崩し家で寝込んでいたすみちゃんは、このまま

まで小百合さんが亡くなったことは引き金でしかない。でも、たしかに、不安という名の

うすることもできない。会ったこともない小百合さんが恨めしくなってくる。いや、あく

いった。

どこが悪かったの？　と聞くと、ササキは「精神だってさ」と少し寂しそうな顔をして

精神科。入院すれば、精神は治る？　あんなに優しくて、友達思いで、繊細な人を「治し」たら、一体どんな精神になって戻ってくるのだろうか。痛みを感じない、無敵のサイボーグ？　かっこよ。

『なら、いーんだけど』

『心配なら見に来ればいーのに』

『だな。そうするわ』

ピースの絵文字。

そのメッセージに既読をつけて、わたしはＬＩＮＥを閉じた。

大丈夫な訳ないじゃん。

わたしたちに、大丈夫なときなんか、そもそもあったこと、ある？　エースの馬鹿。会

いに来てあげてよ。

そう、素直に言えないわたしはもっと馬鹿だ。


ぐるぐる。ぐるぐる。

衣類が回っている。いろんな人の、いろんな服たち。木のベンチに腰掛けたわたしの隣には、また上半身裸のササキがぼうっと座っている。伸ばしっぱなしの髪はもうすぐぺったんこの乳房まで届きそうだ。と、思って、そういえばわたしもこの街に来てから一度も髪を切ってないことに気づいた。

「で、結局その東京青少年界隈ってなんなの？」

「うーん……なんなのっつってもなぁ」

あの、池袋のビジネルホテルでのパーティーに参加していた人たちは、「東京青少年界隈」と呼ばれているらしい。すみちゃんと、死んだ小百合さんが以前住んでいたシェアハウスも、東京青少年界隈の中心人物が借りたマンションを仲間うちに貸したものだと、ササキは教えてくれた。

「だって、その人たちがああいうパーティーとかやってるせいでその……小百合さんも死んじゃったんじゃないの？」

「小百合はなぁ……。そりゃ可哀想だったけど、あれは自殺だからなぁ。ひとりでラリってたんだから、別に界隈のせいっていうのも違うと思うけど」

そういって弛《たる》んだお腹をさすっているササキが、その東京青少年界隈の初期メンバーだったというのをさっき知った。ただ初期にいたというだけで、今はその中心にいるわけでもなければ、別に誰からも尊敬されてないと軽く愚痴っていた。

「別に、なんなのってことでもないんだよなぁ。もともとは5ちゃんの掲示板に『東京青少年界隈』っていうスレッドが立って。誰がその名前つけたのかも曖昧でなぁ。ま、東京で暮らしてる金ない奴とか人生うまくいかねーなみたいな奴らが平和に傷を舐め合ってた訳よ。で、まぁ盛り上ってきてオフ会やろうぜってなったのがリアルな東京青少年界隈の始まりかなぁ。俺もそのときのオフ会行っててさ。なんとなく東京青少年界隈って名乗ったりするのが出てきて、そっから人数増えてった感じ」

わたしは、わたしがハルのためにできることを考えていた。

傷ついたハル。ハルにはすみちゃんのようになってほしくなかった。けれど、わたしはなにも知らない。すみちゃんのことも、ハルやコタロウのことも。この街では、そういう詮索をするのはタブーだった。この街にたむろするわたしたちのような人間には、ほとんど誰しもが隠したいこと、置き去って、思い出したくない過去があった。だからせめてわたしの周りで、いやわたしを含めて蠢《うごめ》いている「なにか」の正体をつかみたかった。

あのパーティーはなんだったのか。まず、そこから知りたかった。

「俺らってさぁ、まあ大概がなんかから弾かれて集まってる訳じゃない？　なにに弾かれたかは人それぞれにしてもさ。でもいつかは帰るんだよ、帰るべき場所に。けど、そのいつかがずーっと来ない奴らも中にはいるわけだな。いや、意外とそういう奴らにかぎっていつでも帰れる場所があったりすんのかもだけど」

「えっと……どういう意味？」

「んー、だから東京青少年界隈も人が出たり入ったり……っていうか名前登録するとかはないんだけど、メンバー変わっていくうちにさ、界隈の質も妙な方向になっていったんだな。ほら、行き場のないガキたちは抵抗してるつもりでも、すぐ大人に利用されちゃうから。ヤクザとかはまだわかりやすいけど、もっと、まともなツラした大人たちのほうがタチ悪いっていうかさ。いや、たぶん本気であいつらは自分のことまともだと思ってるんだろうなぁ。だから……えっとなんだっけ？　あ、そうそう。もともとただの寂しんぼたちのネットでの集まりだったのがさぁ、過激になったたっていうか。リアルでヤバい薬持ち込んだり、喧嘩したり、ウリ斡旋したり？」

「ウリって、その……コタロウも？」

「いや、あいつは界隈じゃないっぽい。なんかあいつの大学のサークルかなんかがやってるみたいなの聞いたけど、よくわからん」

「そう…」

ぐるぐる。ぐるぐる。

ピーっと音がする。自動ドアが開いて、スーツを着た男が入ってくる。わたしたちを避けるようにいそいそと乾燥の終わった洗濯物を取り込むと、エコバッグに詰めて店を出ていった。上裸の長髪男と、未成年の女のセット。相当いかれた二人に見えることだろう。

「……まだすみちゃんのとこいんの？」

「んー、まぁもうすぐあいつも退院してくるしなぁ。入院してるときはほら、あいつんちが完全に俺んちみたいになってて楽だったけど、戻ってきたらそうもいかんから、そろそろ出てくかなぁ」

その暢気《のんき》ないいぐさに笑いが込み上げる。

「ササキは強いね」

「なんだそれ」

「強いってか、どうやっても死ななそう」

「そりゃお前、死なないよー。そのために生きてんだから」

「意味不過ぎ」

そう言うと、ササキはくしゃっとわたしの頭をかき混ぜるようにして、

「みんな頑張って生きようとするから死にたくなんだよ」とつぶやいた。

「まぁだからって俺みたいな生き方もクソだけどなぁ」

一瞬、別人のように見えたササキは、けれどすぐいつものササキに戻って自分を茶化すようにだらしなく笑った。なにも考えてないように見えるこいつも、当たり前だけど、悲しみや悩みを抱えて生きている。そんな「当たり前」に今更気づく。

「あのね。もう、ハルをすみちゃんに会わせないでほしいんだ」

「……」

なんで、とは聞かず、ササキは黙ってうなずいてくれた。しばらくの間、洗濯機と乾燥機の回る音だけが響いていた。

「わたしってずるいよね」

「ずるいなぁ」

「わたしって、冷たい人間だよね」

「冷たい人間だなぁ。すみちゃん、お前にも会いたがってたけどな」

「……でも、会いたくないんだ。会いたいけど、会ったら、わたしもハルも弱いから、すみちゃんのほうに引っ張られちゃう」

「ずるくても冷たくても、お前なりにハルのためを考えてでしょ。いいんじゃないの」

「……ありがと」

わたしは心底言った。

「どう、惚れた？」

「ばーか」

あんたがもっとイケメンだったら、惚れてたかもね。とか言って。

またピーっと音が鳴った。今度は、わたしたちの衣類を乾かしていた乾燥機の音だ。


「で、その東京青少年界隈について調べてほしいってことですね？」

電話口の向こうで近藤が言う。

「そうです」

「うーん……」

近藤はちょっと悩むような声を出し、続けた。

「実はその界隈、もう調べはしたんです。っていうか、行ってみました実際。東京青少年界隈のパーティーみたいなの」

「え、あ、そうだったんですね」

さすが週刊誌の記者、と思った。同時に、こんな新宿の日常を雑誌に載せて売れるのかなという疑問もあったけど。まぁ、物珍しく思う人もいるんだろう。

「はい。でもなんていうか、僕の感想としてはよくある集団っていうか、なんとなくの共通項とか知り合いが知り合いを呼ぶみたいなことでお酒飲んだりしゃべったりしてるグループなのかなぁって印象です。たしかにODしたりちょっと違法っぽい葉っぱとか吸ってたりしたけど、それって東京青少年界隈に限らないっていうか、多くはないんでしょうけど一定の人たちはやってるし」

「そう、ですね……」

近藤の言うとおりだった。

わたしたちもやってること。じゃあなんだろうか。ササキから東京青少年界隈のことを聞いて、ずっとあるこの違和感。

「もし特徴っていうか、なんかあるとしたらグループ感っていうんですかね。みんながみんなじゃないかもですけど、こう、『そんなこというなら次からお前来なくていいよ』みたいなノリはあったかもですね。誰が上だとか、リーダーだとかっていうのはなさそうでしたけど、それが逆に形はないけど沼みたいな共依存関係を生んでるっていうか。ほら、Aっていうリーダーがいたらそれに着いていく人は嫌なら反逆できるし、離れることもできる。でも、その具体的な人物がいないから、なにもできない。沼に溺れていくだけみたいな……」

「なんとなく、わかるような気がします」

もしかすると、近藤のいう「沼」は、この街全体にも当てはまるのかもしれない。それでも、沼でしか生きられない人々がいるのも事実。たとえ音もなく溺れ、最後に窒息してしまったとしても、外には出られない。出たら、違う死が待ち構えているように思える。

「もし他になにかわかったら連絡しますよ。あと、さっきいってたエースっていう人についても」

「ありがとうございます」

「あの……僕がいうことじゃないかもしれませんけど、周りの人の心配も大切ですけど、自分のことも、大事にしてくださいね」

「え？」

「あ、いや。なんとなくです」

他人からそういうことを言われるのに慣れてなくて、戸惑う。どう答えていいのかわからない。

「まぁ、じゃあ、また取材もよろしくお願いします」

「あ、はい」

「では」

ホテルを出て街を歩きながら、スマートフォンを持っていた手がまだ痺れている気がした。近藤の言った言葉の意味を探そうとしたけれど、その「自分を大事に」する方法がわからなかった。というか、わたしは自分を大事にできてないのだろうか。

今日は三人の男と寝た。あの状態のハルにウリをして稼がせるわけにはいかないし、コタロウも近頃様子が危うかった。原因は気になるけれど、わたしはコタロウのことをあまりにも知らない。聞いてもきっと教えてくれないと思う。

今日寝た三人のうち二人は、コタロウではなく自分で探した客だった。バレたら叱られるかもしれない。でも、だからって、今わたしたちの「王国」を守れるのは、わたしだけだった。それこそが、わたしがわたしを大事にするということ。

あの王国がなくなったら終わる。終わってしまう。

「あれ？」

たしかに、そう聞こえた。が、その「あれ？」は行き交う人々のあれであって、わたしには一切関係ない言葉だと思い気にもとめなかった。だから、

「ねぇって！」と勢いよく肩をつかまれ、

「やっぱりー！『あれ』って言ったの聞こえなかった？　聞こえたよね」

そう捲《まく》し立てる目の前の顔と記憶が一致するのに時間がかかった。

「……まさか忘れた？　井刈よ。井刈陽子」

「え、あ、はい……」

「なんで東京さいんの？　っていうか、失踪したんじゃなかったの？　北朝鮮に攫《さら》われたとか富士山の樹海に住んでるとかいろいろ噂あったけど」

「あ……へぇ……」

心臓が震える。なんで？　は、わたしのセリフだった。同じ高校の井刈さんが、なんで東京に、しかも新宿にいるの？　そう聞きたいけど、言えない。喉が締まって言葉にならら

ない。というかわたし、これまで井刈さんと話したことなんかない。クラスでずっとわたしを無視してきた人。

「さっきまでオープンキャンパスでさぁ、R大いってたの。で、せっかくの東京だしと思って歩いてたら見かけちゃってびっくりしたよー。なんか雰囲気変わったよね？　東京デビュー？　調子乗った？　てか写真撮ろうよ。これみんなに送ったらマジビビるってぇ」

井刈さんが言って、自撮りの格好で肩を組まれた瞬間、全身に悪寒が走った。

「きゃあ！」

白々しい悲鳴が上がった。

咄嗟にわたしは井刈さんを突き飛ばし、走っていた。

背後から、

「おい！　なにすんだよ！」というドスの効いた声がする。

「おい！　待てよ！　待てって！」

人混みをかき分け、わたしは必死に逃げた。男の人にぶつかった。謝る余裕もなく走った。逆流するプールでも泳いでるみたいだった。一瞬振り返ってみた。もう、井刈さんの姿はなかったが、迫ってくる恐怖がわたしを止めなかった。息が続く限り足を動かす。途中、ヒールが折れて転んだ。膝をすりむいた。薄皮がめくれ血が滲む。

その痛みでやっと思考が戻ってきた。逃げた。逃げれた。

そう思った。

乱れた呼吸を整えていると、乾いた潮の香りが鼻の奥に蘇《よみがえ》ってきた。どんよりと曇った空がここまで追いかけてきたような気がした。

もう戻らないと決めた、あの町の。


数日後、エースが死んだ。その事実を、わたしはハルからでもコタロウからでもなく、近藤からの電話で知った。

「は?」

「あの、僕のところにも今情報が入ってきて。数日前に奥さんから捜索願が出されてたそうなんですけど、今朝相模川で遺体で発見されたそうです。誰かに殺害された疑いもあるみたいで……たぶん夕方のニュースではテレビとかで報道されるんじゃないかと思って、その前に一応連絡を……」

「いや、なんで？　え、なんでそうなんの？　全っ然意味わかんないんだけど」

そう苛つくのが精一杯だった。殺害って、だれが。エースの不器用に笑う顔が浮かんできて、すぐに凜子さんのことを思った。まだ会ったことのない、生まれたばかりの柚《ゆず》くんのことも。電話口で黙ってしまった近藤に聞く。

「ていうか川で発見って……その、それがエースって証拠はあるんですか？」

「エースさん、特徴的なタトゥー彫られてたんですよね。奥さんがさっき遺体の確認をされて、そのタトゥーの柄で間違いないと言われたそうです」

水死体はエグいと聞いたことがある。水分を吸ってぶくぶくになった皮膚は全身を膨らませ、顔は変色し見分けがつかないと。

そんな状態になったエースを、凜子さんは一人で確認しにいったのだろうか。

そんなのってあるだろうか。

「葬儀とか、そういう情報が必要なら連絡しますけど」

そう言ってくれた近藤の言葉に「ごめんなさい、またかけます」と耐えられなくなって電話を切る。近藤が親切でわたしに伝えてくれたのはわかっている。ただ、キャパがオーバーし過ぎて今はなにも入ってこない。部屋のトイレで便座に座ったままうずくまる。

「エース……」

言葉にしてみても、やはりまだ心では信じられないでいた。電話を切ったスマートフォンでエースとのＬＩＮＥを開く。数日前、

『心配なら見に来ればいいーのに』

そう送ったわたしのメッセージに、

『だな。そうするわ』

ピースの絵文字を添えたエースからの返信。そこで途絶えたやりとりに、なんでわたしはメッセージを送らなかったのか、送っていたらなにかが変わったんじゃないかと思えてくる。なんで。どうしてエースが死ぬの。殺されたほうがいい奴ら、他にいっぱいいるじゃん。無理に中出ししようとしてくる奴とか、金積んだら俺のゲロ食べれるかって迫ってくる奴とか、変なドラッグ使って他人の人生めちゃめちゃにしようとする奴とか、もっともっとさ、エースより死んだほうがいい奴らいるじゃん——。

『ねぇエース？』

エースのＬＩＮＥアカウトに、そうメッセージを送ってみる。

『エース生きてるよね。エース死んでないよね』

画面に、わたしからの吹き出しばかり増えていく。既読つけてよ。またわたしたちのこと心配してよ。生きてるよバーカって返信してよ。

『ねぇねぇどうすんのこれから。凛子さんも柚《ゆず》くんもいて追いてっちゃうの？　そんなダサいことすんのエースって』

なにを送っても、反応はなかった。素直に会いにきてよって送ればよかった。

用も足してないトイレのレバーをひねって水を流す。部屋に戻ると、ハルがぼうっとしてベッドに横たわっている。今日はせっかく調子がよさそうだったのに、最悪の報《しら》せ。でも、わたしからハルに伝えることはできない。わたしのほうが先に知ってたらおかしい。そもそも近藤って誰ってなる。わたしがハルになり切って近藤から取材を受けてるのがバレてしまうかもしれない。

エースが死んだというのにわたしの心配は小狡くて醜いにもほどがある。自分が自分で嫌になりながら、ハルに聞く。

「今日コタロウってどこいるか知ってる？」

「しらなーい。学校とか行ってんじゃない」

「え、大学？」

「うーん。なんかこの前そろそろ行かないとやばいとかって愚痴ってたから」

「……そっか」

もしかしたら凛子さんから連絡があったかもと思ったが、少なくともハルはまだエースの死を知らないみたいだ。凛子さんの身になってみれば、そんな余裕あるわけないけど。

テレビをつける。

リモコンでいくつかのチャンネルをザッピングしたが、エースの死を報じる番組はなかった。近藤は夕方のニュースと言っていた。

今は午後二時半。夕方になるまで、どうしていればいいのだろう。一人、エースの死を抱えて、痺《しび》れた頭で部屋に転がっているしかないのか。地獄。地獄だ。リストカットする気力も湧かない。


午後三時四五分。8チャンネルでニュース番組開始。

三時四九分からは6チャンネルで、三時五〇分には4チャンネルで、ニュース番組が始まった。

午後四時一〇分頃。コタロウが部屋に帰ってくる。

全身、ぐっしょり汗をかいて息が乱れている。

「学校行ってきたの?」

ハルが聞く。

「あぁ……もうあんなとこ二度と行かんわ」

そう吐き捨て、メジコンの錠剤を三十錠ほど一気に噛む。ハルはコタロウがオーバードーズしている様子を眺めながら煙草を吸っている。

午後五時十五分頃。4チャンネルでエースが死んだ事件を報じる。

——都内在住の金森静雄さんが、神奈川県厚木の相模川のほとりで今朝、遺体で発見されました。金森さんはエースという愛称で新宿の若者たちの間でリーダー格として認知されていたそうです。警察は何者かに殺害された疑いがあるとして……。

突然コタロウが「んなもん消せ！」と大声で叫んでスマートフォンを壁に投げつける。わたしは慌ててテレビを消す。コタロウがはぁ、はぁ、と肩で息をしている。ハルは呆然と固まってなにも言わない。

午後五時半過ぎ。ササキから電話がくるが無視する。出たところでなにをしゃべっていいのかわからない。テレビを消して以降、ずっと沈黙が続いている。心のどこかで、エースの死を共有できてほっとしている自分がいる。そんな自分が恐い。死んだほうがいい気がする。っていうか、死にたい。

はんにゃーはーらーみーだー。

しゃがれたくせに伸びのある声が式場で鳴り響いている。

最前列に座っている凛子さんの顔は見えない。代わりに、祭壇の上で満面の笑みを浮かべたエースの顔ははっきりと見える。

まだ生後3ヶ月の柚《ゆず》くんは凛子さんのお母さんなのか、白髪の交じった年老いた女性の膝の上に抱かれて泣くこともせず大人しかった。たまにその女性の背中越し、小さな手足が動いてはみ出しては消える。

読経の前にお坊さんはエースの刺青について語っていた。左右の腕に彫られていた三つの目。あれは、死んだエースの両親と、自分の目だったらしい。エースの両親は幼い頃に自動車の追突事故に巻き込まれて亡くなった。それから彼は児童施設で育ち、職を転々としながら音楽活動を続けていた。そんなときに凛子さんと出会った——。

「金森静雄さんは激動の人生を懸命に生きられて、その生涯を閉じられました」

激動の人生。へぇ。

そんな、誰にでも当てはまるような言葉で片づけないでよ。そう思って、じゃあ妻と、生まれたばかりの子どもを遺して誰に殺されたのかもわからないまま死んだエースの人生をなんと言えばいいのかわからない。

かわいそうな人生？

そんなはずない。エースにかわいそうなんて似合わない。ってことはやっぱり激動の人生になるのか。わたしが死んだら、どんな人生だったと形容されるのだろうか。

かわいそうな人生？

やっぱりそんなはずない。他人からそんな人生にされてたまるか。

同じ列の席に座っているコタロウはじっとして動かない。泣いて暴れるかと思っていたハルも魂が抜けたみたいにぼうっと祭壇を眺めている。今二人はなにを考えているんだろう。すべてを飲み込むようにお坊さんの読経は続く。

脇腹に一箇所、鋭利な刃物で刺された傷。胸には左右に二回、切り裂かれた傷。首などを絞められたような跡はなく、致命傷は脇腹の傷。被害者には抵抗した形跡はなかった。死因は失血死であることが濃厚と見られる。

〈エース〉とネットに打ち込むと、予測検索で〈新宿〉〈死んだ〉〈死因〉という文字が勝手につづく。5ちゃんねるではエースが生前どんな人間だったのかという話題と、殺した犯人予想の投稿でごった返している。

〈あいつは俺らの神だった〉

という惜しむ言葉があれば、

〈あんな偽善者はクソだよ。死んでとーぜん〉

とこっちが投稿者を殺してやりたくなるような言葉まで乱立しカオス。

犯人予想の中にはササキも名前も挙がっていた。その投稿に〈ササキはそんなことしない〉という反論があって、すぐに〈ササキ本人登場〉〈自己弁護してんの丸見えなんだよ人殺しが〉と袋叩きにあっていた。

そういえば、今日の葬儀にササキの姿はなかった。喪服が買えなかったとか、そういう理由だろうか。他に理由でもあるのだろうか。他の――ササキにエースを殺す度胸なんかあるわけない。動機がないし、ササキが襲ってきてもエースなら簡単に返り討ちにしてる。

じゃあ誰がエースを……。

5ちゃんねるにはササキの他に、東京青少年界隈のメンバーや歌舞伎町のホストなど何人もの犯人候補の名前が書かれていた。新宿のリーダー格と目されていたエースには、案外敵も多かったらしいことをわたしはネットで初めて知った。

読経中、式場にいる人たちが順番で立ち上がって祭壇の前に進み出ては、なにかを摘むと額あたりに当ててそれを燃やしている。

煙がすうっと湧き立つ。翻《ひるがえ》って最前列に座る凜子さんたちにお辞儀をする。なんという作業なのかわからない。そもそもお葬式に出たのが初なのだ。ゆっくりと順番が回ってくる。導火線の火がジジ……と焦がしていくようにわたしへと近づいてくる。人々はゼンマイ仕掛けの人形みたいに自分の意思ではないものによって動かされている気がする。例えばお坊さんの唱える読経なのかもしれないし、例えば誰が決めたのか、人を葬るためのルールなのかもしれない。

自分の意思以外に身を委ねるのはちょっと楽で、ちょっと気味が悪い。わたしの順番になる。立ち上がって通路に出る。黒に埋め尽くされた会場を祭壇のほうへと歩いていく。前の人がそうしてたように、振り返って凜子さんたちに頭を下げた。凜子さんの両目は腫れて、変色していた。生まれたばかりの毛のないネズミの皮膚の色に似ていた。茶色くざらついた粉を摘む。それを額に持ってくると鼻の奥まで香る深い匂いがする。

できればずっと嗅いでいたいのを我慢して、薄く煙の立っている熱源に粉を振りかけると細い煙がゆらゆら昇っていく。

いつかこの場面を夢で見たような気がした。たしか夢で見た場所はバーで、ササキがいて、もうその時点で同じではないんだけど、お香の煙が立ち上る様子がまざまざと重なる。

あの夢は誰かの葬式だったのしれない。

もう一度振り返ってお辞儀をしたが、結局凜子さんは目を合わせてはくれなかった。柚くんは小さな口を開けて欠伸《あくび》していた。

式場の外にはたくさんのカメラやマイクを持ったリポーターたちが待ち構えていた。

その群れの中には近藤の顔もあった。他のマスコミの人たちと比べると近藤がとても幼く見えた。ハルとコタロウと三人で素知らぬ顔でその前を通り過ぎ、わたしたちは葬儀場をあとにした。

街は他人のようにのどかだった。

この前エースの家にご飯を食べにいったときとなにも変わらなかった。変わったのはエースが死んだことだけだ。それだけで、わたしにとってはこの街全体が変わって見えた。のそのそ歩くわたしの足に黄色い帽子をかぶった小さな子どもがぶつかった。よそを見て走ってきたのはそっちのくせに、子どもはわたしの顔を見上げると泣き出した。

わたしだって泣きたかった。

いろんなことがどうでもよくなって、ただ痛みが欲しかった。こんな気持ち、知らない男に抱かれてるほうがまだマシだった。あんなにまた来たいと思っていた八王子という街は、もう二度と来たくない街になっていた。子どもは少し離れた親を見つけると、すぐに涙を引っ込めて走っていってしまった。コタロウが小さく舌打ちして、ハルは黒いポーチからよくわからない錠剤を出して噛み砕いた。

お腹が空いたとハルが言うので、わたしたちは電車に乗る前に「サントス」という喫茶店に入った。客は少なく、いまどき煙草を吸えるというのがよかった。

「人間の骨って、身体焼いたら二、三キロしかないらしいで」

コタロウがスマートフォンをいじりながら言う。

隣の席でハルはミートスパゲッティを食べている。フォークを使うのが苦手らしく、何度も麺を絡め損ねてはひとりで苛ついていた。薄く紅を引いた唇の周りはソースで赤く汚れ、ヴァンパイアが血を吸った跡みたいに見える。

「全身の骨って小さい子どもは約三百個。成人は二〇六個あるんやって。なんで大人のほうが少ないんやろうな。小さいときは余計な骨がいっぱいあるんかな」

なにかに憑かれたようにコタロウは骨の話をしている。

少し気味が悪いが、こんなにしゃべるコタロウも珍しいので、わたしはなにも言わず、チョコサンデーを食べている。アイスが歯の奥に沁みてキンとする。虫歯でもできたのだろうか。歯が健康なことだけが唯一の誇りだったのに。歯医者にいきたいけれど、一応持っている保険証を使ったら足がついてしまう危険もあってそれが恐い。

「今頃エース、火葬場で焼かれてんのかなぁ」

フォークを諦め、箸で食べはじめたハルがつぶやく。

粉チーズをかけ過ぎたミートスパゲッティはドロッと固形状になり、食べ物ではない別のものに見える。ハルは最近めっきり食べなくなって酒ばかり飲んでいるので、見た目はどうあれカロリーを摂取することは悪いことじゃない。

「煙突からもくもく煙になって空にのぼってるかもね」

「人間の血管、全部つなぎ合わせたら長さ十万キロ。地球二周半分になるんやって。そんなん誰が試したんやろうな」

コタロウはまだぶつぶつ言っている。店に入る前にハルからもらって飲んでいた錠剤が効いているのかもしれなかった。ちらっとマスターが四人がけの席に座っているわたしたちを見る。灰皿を引き寄せ、わたしは煙草に火をつけて煙を吐く。

「……エース誰に殺されたんだろうね……」

煙と一緒に、思っていたことがふわっと口をついた。

なんとなく言えなかったこと。わたしなんかよりよっぽど付き合いの長い二人の前で触れてはいけない気がしていたこと。はっと、高田馬場近くの路地で見かけたエースとコタロウの背中が頭をよぎった。心拍数が上がる。それは今日、長い時間我慢していたニコチンのせいではなかった。

「どうせどっかの半グレでしょ」

ハルがこともなげに言う。

わたしはその答えに安心していた。

なにか違う言葉、いや、じゃあ一体どんな答えが返ってくると予感したのかわからないけれど、そのハルの様子にわたしはなぜかほっとしていた。

たしかに5ちゃんねるでもその説は挙がっていた。

――薬物は戻れなくなるけど大麻はそこまで悪いものじゃない。

本当に言ったのかはわからないが、エースの過去の発言とともに、「青龍」と呼ばれる暴走族との関係がつらつら書かれていた。ハルが言っている半グレとはその青龍というグループのことなのだろうか。ということは、ハルはなにか知ってるのだろうか。

「もしうちが殺されるなら、ジウに殺されたいな」

ねぇ、そのときは殺してくれる?

ハルがじっとわたしを見る。

「そのときってなによ……」

かろうじて笑いながらツッコむ。と、ハルも笑って、

「別にいーじゃんケチぃ」と口元についていたソースを手の甲で拭う。

そんなハルに、

「人間とバナナのDNAって五〇パーセント同じらしい」

コタロウが言ってにやにやしている。

「落ち着いたらみんなでお墓参りしなきゃね」

わたしの煙草の箱から一本抜いて火をつけながらハルは言った。

「……うん」

「また夜中にどっかの店の花パクってお供えしてあげなきゃ」

「白い花でしょ？　なんてやつだったっけなぁ」

「百合でしょ、百合の花」

「あ、そうそう。でもそんなに花飾ってあるかな？」

「歌舞伎町の店なんて毎日どっか潰れて新しくできてるんだからあるっしょ」

「たしかに」

あはは、と声を出して、泣きそうになった。

いつかお墓にあの白くて綺麗な花をいっぱいに持ってってあげるからね、エース。

たぶんわたしたちだけじゃない。

あの日の公園で、いやこれまでエースに守ってもらったことのがあるすべての人が、お墓に思い思いの花を届けてくれるはずだよ。

「人間は微弱ながら発光しており暗闇で光る。しかしその光は人間の目で捉えることができる強度の千分の一以下であり、見ることはできない」

コタロウは相変わらずスマートフォンを眺めてネットの記事かなにかを読み上げ、マジかよ、とひとりごちる。

「……けど、光ってても見えんかったら意味ないやん」

そう吐き捨てた顔は、ちょっとだけ悲しそうだった。


『エースへ。わたしエースと会えてほんとによかった。わたしにとってエースはお兄ちゃんみたいで頼りになるしカッコよかった。いてくれるだけで心があったかくなった。みんなの憧れで、そんな人と仲良しってだけで自分までなんかマシな人間になれた気がした。もっと一緒に遊びたかったしもっとたくさんおしゃべりしたかったたな。牛のない豚肉のすき焼き美味しかったよ。ＤＪしてるところ大好きだったよ。刺青もイカしてた。わたしもいつかエースの目の形を彫ってもらおっかな……なんて。

痛かったよね。苦しかったよね。いっぱい心残りあるよね。凛子さんと柚《ゆず》くん残して悔しいよね。わたしにできることってあるのかな。わたしなんかなんの役にも立たないかもしれない。けどなにかできたらって思ってる。いますぐじゃないかもしれない。でもエースがわたしにしてくれたみたいにわたしも誰かにしてあげたい。エースみたいな大人にいつかわたしもなりたい。だからたまに、なんかのついででいいからわたしのことも見ててね。これまでありがとう。ゆっくり天国で休んでね。また会おうね。ばいばい』

送信。

細く、簡単に折れそうな腕が筋肉のついた腰に絡みつく。

汗をかいた背中。

ねっとり熱い吐息が赤く熟れた耳にかかる。刺青の入った手が伸びて、額を覆う前髪をかき上げる。濁った目が泳ぐ。どこを、なにを見ていいのかわからない視線を捉えるように分厚い舌がその目を舐め回していく。

誰かに助けでも求めるみたいに、長い指先が膨張したペニスをつかんで離さない。

枕元に軽く沈んで転がっているスマートフォンから懐かしい音楽が流れている。あの、ただただ楽しかった日々に流れていた曲。

身体をくねらせ、エースはつかまれていた自分のペニスに唾を吐きかける。コタロウは、今度はまっすぐエースの瞳を見据える。そしてゆっくり頷《うなず》く。エースも頷《うなず》いて組しだいたコタロウの華奢な腰を腕でしっかり固定する。

開かれた両股の間にローションのような透明な液体を垂らされながら、コタロウは静かに呼吸を整えている。反対にエースの息はどんどん乱れていく。指で丁寧にコタロウのそこを広げていく。

お尻の筋肉が一瞬盛り上がった。エースは力を込め、けれども優しくコタロウの濡れて光っている部分へ自分のペニスをめり込ませていく。はぁ……と下半身の力を抜いて、始めはすこし強張っていた眉間が少しずつほぐれていく。エースのペニスの深度が増していくにつれコタロウはエースの唾液を猛烈にほしがる。エースは親鳥が餌を与えるように唇を合わせ、繋がった舌から唾を落としていく。

ぐっと腰を押し込むと、コタロウがもっと！　と叫んだ。


もっと！

もっと！

もっと！


コンドームの中で男が果ててからもわたしはしばらくベッドの上に転がっていた。

雨が降っていた。雫がホテルの窓にぺちぺちぶつかって砕ける。

とっくに夏は終わっていた。

あんなにうるさかった蝉の声はとっくに消え失せているのに、わたしはまだ夏にいるような気分だった。雷が落ちて光った。男は退屈そうにスマートフォンをいじっていた。

男に抱かれている間ずっと、エースとコタロウが絡み合っているところを想像していた。

興奮も失望もなかった。

エースを殺した犯人はまだ見つかっていなかった。

カードキーで扉を開けると部屋にはコタロウの姿しかなかった。

「ただいま」

二人掛けのソファに凭《もた》れて文庫本を読んでいたコタロウがちらっとわたしを見た。反応はそれだけ。文庫本のカバーのタイトルは『パルムの僧院』だった。

空の瓶に一万円札と五千円札を一枚ずつ折って入れた。

わたしはベッドにダイブしてから仰向けになった。天井には染みがあった。黒い、染み。昨日見たときは星みたいだなと思った。この街の空にはない、大きく光る星。それがこの、わたしたちの王国にはあるんだと思った。同じベッドで寝ているわたしたち三人を見守ってくれている星の形。

けど、今は拳に見える。

誰かが握りしめた拳。拳が隕石みたいに落ちてこようとしている。

エースの拳。

ササキやすみちゃんの拳。

わたしの拳。

コタロウの拳。

ハルの拳。

誰かの拳が、この部屋に向かってきている。

「……ルール破ってるよな」

「え？」

ドキッとしたが、敢えてわたしは気怠そうに身体を起こした。

コタロウは文庫本に目を落としたままだった。ルール——近藤の取材を受けてるところを見られた？　コタロウが斡旋する男以外を客として取ってるのがバレた？

いやでもどれもお金のためじゃん。ハルやコタロウのためじゃん。ここ最近はほとんどわたしが稼いだお金でこの部屋の代金払ってるし。仕方ないじゃん。頭の中で反論がぶわっと駆けめぐる。と、

「ごめんな」そう、コタロウは静かに言った。

ごめん……？

わたしの思考が一気に崩れる。こいつの口から「ごめんな」なんて。オーバードーズしてバッドに入ってるんだろうか。見た目ではそんな感じしなかったけど。

「俺らがルール破らせてんの、わかってるから。すまん」

「は……ちょ、どうしたの」

コタロウは文庫本に栞を挟んでソファの肘掛けにそっと置いた。視線がすっと上がったが目は合わない。上半身起こしたわたしの鎖骨あたりで止まっている。

「別に。あんま二人でしゃべることないしな。せっかくやしいっとこうかなって」

「やめてよ。三人の家なんだし……こういうときだしフツーじゃん」

「そうかぁ……」

「……」

それ以上、なんて言えばいいのかわからなかった。沈黙の間に雨音があったからまだマシだったけれど、靴を左右逆に履いて歩いているような違和感があった。なにか嫌な予感がした。その嫌な予感の正体がなんなのか、考えたくもなかった。

なにかしゃべりたかった。

黙っていたら暗くて、途轍もなく巨大な穴に引きずりこまれそうだった。

「お前さぁ……俺とエースのこと見たやろ」

わたしより先にコタロウが口を開いた。急に脂汗が滲む。コタロウの表情は変わらない。変わらないまま、やっぱりわたしの鎖骨あたりで視点は止まっている。

「いや……。なにが？」

わたしはとぼけたが、たぶん顔は凍りついている。コタロウの視界にこの顔は入っているだろうか。

「ええよ、隠さんくて。っていうか隠してくれてありがとうなんやけどな。けどもうええねん。なぁ、メジコンかなんか持ってへん？」

ベッドから出てリュックを漁る。メジコンはなかったのでレスタミンの錠剤を渡した。

「レタスかぁ」

つぶやくと、コタロウはお菓子でも食べるみたいに錠剤を噛む。エースとコタロウのこと。わたしはなんと答えていいかわからず、昨晩ハルが飲み残していたぬるい缶チューハイを流し込むと気持ち悪くなって吐きそうになる。

「お前が見て気づいてるってことはこっちゃって気づいてるってことや。そういう簡単な話。って、あいつは結局気づいてないみたいやったけどな」

コタロウは思い出したようにくすっと笑う。

雷が鳴る。

この部屋の窓から見えるビル群。あれは渋谷のビルだと、以前コタロウは言っていた。そういえばわたし、渋谷に行ったことがない。なんとなく嫌な街だと感じていた。最先端のオシャレ着をまとったわたしと同じくらいの歳の子たちが楽しそうに歩いている。みんな彼氏がいて、彼女がいて。店先で買ったアイスクリームをぺろぺろ舐めながらはしゃいでいるイメージ。

コタロウの言葉が正しければ雷は渋谷の方角に落ちた。

渋谷の先にはどんな街が広がってるんだろうか。ずっとずっと行けば、あのわたしが生まれ育った灰色の田舎に続いてるんだろうか。わたしのことを東京まで代わりばんこに運んで走ったトラックの運転手たちは今この間にもおっきな荷台にいろんなものを積んで道を走ってるんだろうか。

「ねぇ」

レスタミンの錠剤をぼりぼり噛んでから煙草に火をつけたコタロウに言う。さっきまで読んでいた文庫本は床に投げてある。

「あのほら、天井に黒いの見えるでしょ。あれで、ずっとあるの。ずっとあるんだけどなにに見える？　なんの形に見える？」

わたしが指差した先にコタロウはじっと目を凝らす。

「ほくろ、とかいったら怒るん？」

「怒んないけどつまんない」

ふふっとコタロウが小さく笑う。

今日コタロウが笑うのは二回目。笑い過ぎだ。

「最近思うねん。幸せに生きるってことはさぁ、自分にとって大事なもんを整理していくことなんやないかって」

不意な脈絡のない言葉に、つい「は？」と声が漏れる。

「大事なもんを一個でも多く手に入れるとか、そういうことちゃうんじゃないっていうかなぁ……。だからって捨てるとかそういう意味でもなくて。だから、整理していくんや。大事なものこそな」

コタロウはまだ天井を眺めている。本当はあの黒い染みが、コタロウにとってはもう別の形となって見えているような気がする。いや、形が変わるわけじゃない。なんていうか、存在が変わるんだと思う。当たり前だけど形が変わるわけはない。わかってる。なのに存在が変わっていく、わたしたちにとっての。

「好きだった？」

敢えて、エースの名前は言わなかった。

細い人差し指と中指に挟まれた煙草の先は音もなく燃えている。だんだん、だんだんと燃え尽きていく。白い煙の筋は途中から消えて見えなくなる。そのあとこの四角い部屋の壁という壁に吸い込まれ閉じ込められる。クリーニングを一度も入れていない部屋の壁は指の腹でなぞるとベトっとして手を洗っても洗っても二、三日は臭いが取れない。

「……好き……か」

煙草の燃え残った灰の塔が崩れ床に落ちても、コタロウが気に留める様子はなかった。

「好きとか好きじゃないとか、たぶんちゃうねん。あったかくてあいつズルいねん。別に俺あいつのこと好きなんて思ったこと一回もない。なんならみんなに好かれていろんな奴らから慕われてなにがしたいか全然わからんかった。実際、今でもなにがしたかったんか俺にはわからんしな。自分でもわかってなかったんとちゃうかな？」

「どうなんだろうね」

なにがしたいかなんて、どうでもよかったのかもしれない。きっとエースも、目の前のコタロウも。したい、なんて余裕はなかった。ただ、せざるを得なかっただけ。

わたしたちはいつだってそうだ。

「音楽が好き。馬鹿でどうしようもない奴を世話するのが好き。嫁が好き。家族が好き。この汚い街が好き。好き。好き。好きばっか。そいで一杯いっぱいやったんよな、あいつ。

整理していかんから。まぁ俺なんかはそもそも空っぽやからな、だから引き寄せられたんかなぁ。整理するもんもない人間はあいつみたいな存在に集まってしまうんかもな。トンデヒニイルナツノムシ……」

中学の頃だかに習ったことわざ。

「飛んで火に入る夏の虫」

わたしも反芻してみる。きらびやかな光に集まって身も心も焦がすわたしたちはたしかに蛾とか羽虫みたいなものかもしれない。

「……ハルは知ってるの？」

何気なく口にして本当はこのことを聞きたかったんだと気づいた。

「知ってた……たぶん、最初から」

「ふぅん」

相づちの声が想定より大きく鳴って自分で驚く。最初、というのが、そもそもの時系列を知らないからよくわからないけれど、ハルが知ってることを知れてよかった。ただでさえ秘密を抱えてるのは辛《つら》い。ハルに対して秘密を抱えるのがわたしにとって一番辛《つら》い。

「もうちょっとやから」

わたしは「なにが？」と言った。

コタロウは煙の失せた煙草を満杯の灰皿に捨て、レスタミンをまたぼりぼり噛んでいる。レスタミンはあまり過剰に摂取すると強烈な眠気が襲ってくるか、グロテスクな幻覚が現れるだけでうまくキメるのが難しい。

「もうちょっとやからな。俺んち金だけはあるしな。俺以外みんな医者やし、家のこと嫌いやけどなんかあったら親に頼んでお前のこともハルのことも養ったるから。だから、もうちょっと待っててな。俺、あとちょっとやねん。あとちょっとで大丈夫なるからなぁ」

コタロウの目は死んだ魚のようになっている。あと二十分もすれば薬が効いて、手が震え呂律が回らなくなる。そのあとなにが待っているのか。ふわふわした多幸感か。それとも強い吐き気か。身体中を這い回る虫たちの幻覚か。底知れない恐怖か。それは誰にもわからない。せめて眠ってほしい。ゆっくり、ゆっくり、眠ってほしかった。

「うん、わかったよ。待ってる」

もうちょっとしたらハルも帰ってくるだろう。

そしたらハルと一緒にわたしもレスタミンをキメよう。その頃コタロウはラリってどうしようもなくなってるだろうか。できれば三人で意識をなくし、朝まで馬鹿になる。手首を切ってもいい。そしていろんなことを忘れる。全部どうでもよくなる。

三人でいれば大丈夫だと心から信じられる。

わたしたちが望んでいるかぎり、それは続く。

背よりも高い緑色の茎から、銀色に輝くススキの穂が伸びている。それらが視界を鬱蒼《うっそう》と覆っている。風になびくススキの穂は、こうも無数にあると綺麗というより、誰かに助けを求める手のように見えてちょっと恐い。

「足元、大丈夫ですかっ？」

目の前でススキをなぎ倒しながら道をつくってくれている近藤が振り返る。

「あ、はい……」

「気をつけてくださいね」

そう自分で言った傍からよろめいた近藤の腕をつかんで支える。

「……すみません」

「や。いえ」

「鎌かなにか持ってくればよかったなぁ」

ぼやき、それでも両腕や足を使って近藤は進んでいく。小さい羽虫が口に入って唾を吐く。茂ったススキで日の光が当たらないのか、地面はぬかるんで大した距離でもないのに確実に体力が奪われていく。近藤に長靴を用意してもらってよかった。いつものサンダルやヒールだったら今頃わたしの足は傷だらけになってたはずだ。

「もうすぐですよ！」

その声でやっと目の前が開けた。

ススキのエリアを抜けるとそこは灰色の河原が広がっていた。その先に川が流れている。相模川。ところどころ乾いた岩が顔を出し、それにぶつかり白波が立っている。

ちらほら釣り人の姿もあった。サングラスをかけ、長い竿をしならせては激しく身体をくねらせる銀色の魚を釣り上げている。少し荒れていた息を整えながら近藤に着いて川辺へと向かう。対岸にはなにかの工場のような大きな建物が並んでいる。赤、白、赤、白と交互に塗られた鉄塔が雲ひとつない空を突いて聳《そび》えている。

「おそらくこのあたりです。エースさんの遺体が見つかったの」

川がなだらかにカーブしている、その曲線の真ん中。川底も浅く、流れが比較的緩くなった地点で死んだエースの身体は見つかった。

「一応、警察の見立てではもうちょっと上流で殺害されたんじゃないかと言われてますが、まだ詳しいことはわかってません。先週までけっこう大規模な調査をやってたんですけど、ようやく終わったみたいです」

近藤に指し示めされたところにしゃがみこみ、わたしは手を合わせた。自分の家がどんな宗教なのかも知らないので、とりあえずエース、わたしだよ、と心の中で言った。

近くの花屋で買った白い百合の花を供える。

百合は夏までだからねぇ、もうこれが最後かねぇ、と花屋の年老いた女性の店員がいっていた。百合が夏の花だったなんて知らなかった。目をつむるとたぷたぷと流れる川の音が耳まで迫ってくるようだった。

僕払いますよ、というう申し出を断ってレジでお会計していると、あの人は彼氏さん？と店員が近藤のことをちらっと見ていうので「違います、全然」と答えた。なぜかその店員は残念そうに、あらそうですか、とつぶやいてお釣りを渡してきた。自分が男と付き合うなんて考えただけでぞっとした。

しばらく黙って手を合わせていたけれど、うまくエースへの祈りはまとまらなかった。

「東京青少年界隈と呼ばれている人たちは警察の捜査線上からは消えたみたいです。5ちゃんねるでたまに書き込みあるみたいですが実質解散っていうか、集団での活動はもうしてないみたいですね。ちょっと心配なのは知り合いって言っていたササキという方が行方不明というか、連絡が取れないらしいですけど……」

わたしは立ち上がり、最新の情報を話してくれた近藤のほうへ向き直った。

「ビビって逃げたんでしょ。でもどうせ、あいつに人は殺せないですよ」

対岸近くの浅瀬で、倒れた枯れ木の枝が水面から突き出ていて、そこに四羽の白い鳥が止まって羽を休めている。

鳥たちは知っているのだろう。すべてを。ふと、そう思った。

「けどよくこんな大して深くもない川でエースのあのでっかい身体が流れましたよね……」

「解剖結果によるとエースさんが殺害された当日は雨が降ってたみたいですね。だから今はこんな流れでもその日はけっこう増水してたみたいで」

雨。

エースは雨の日に殺されたのか。

「……本当は……」

近藤はじっとわたしの目を見て言った。

「ハルさん、殺した人間に心当たりあるんじゃないですか?」

太陽はわたしたちの知らない間に、じんわりと落ちていっている。気づけば夜で、忘れた頃には朝になっている。ずっとそれに納得がいっていない。

なんだか勝手過ぎる気がする。

「ないですよ。ある訳ないじゃないですか」

わたしはそう答えた。

『大学生あるある』というテロップが表示され、本物のハルが映像の中で動いている。

『月曜日』と小さなテロップが重なると、いつもより小綺麗な格好をしたハルが、

「お母さん行ってくるね」

と言って玄関先を切り取った画面から消えていく。ちょっと手を挙げる仕草がかわいい。

動画が区切られ、『火曜日』のテロップ。別の服に着替えたハルがまた手を挙げて言う。

「お母さん行ってくるね」

『水曜日』。インナー一緒だけどアウター別だからバレないよね、と独り言をつぶやいてまた手を挙げ消えていく。

「お母さん行ってくるね」

ハルが映っているこの家はどこだろう。

ハルが手を振っている先の、画面には映っていないお母さんとは誰だろう。

どれも長袖コーディネートだから、腕のリストカットは見えない。動画の下には85・5

Kという数字。8万5000回も再生されているという意味らしい。揺れる後部座席でそのTikTokの動画をぼうっと眺めていた。近藤は運転しながらずっと黙っている。

車は相模川から北上して、エースが暮らしていた八王子へと向かっていた。この街にはエースが死んでから一度も来てなかった。結局、エースのお墓がどこにあるのかも知らない。わたしから凛子さんに尋ねるのは気が引けたし、凛子さんからわたしやハル、コタロウへ連絡がくることもなかった。

「まだ四十九日経ってないですから……。まだお骨もご自宅にあるんじゃないですか?」

近藤は言って、ミラー越しにわたしを静かに見た。


「四十九日」は仏教用語のひとつ。命日から数えて四十九日目におこなう法要のこと。なぜ四十九日かっていうと、死んだ人は七日ごとに極楽浄土へ逝けるかの裁判を受けて、その最後の判決を言い渡されるのが「四十九日目」だから。と、ネットに書いてあった。そうすると、エースは今、四回目の裁判を受けてるくらいだろうか。

近藤が運転する車が停まった。

窓からあの三階建てのアパートが見える。みんなで楽しく豚肉のすき焼きを食べた部屋へと続く扉が見える。その中に、白い骨だけになったエースがいるのか。

「着きましたよ」

わざわざ声をかけてくる近藤がうるさかった。

そんなのはわかってる。ただ身体がうごかなかった。あの家で凛子さんが幼い柚くんとあやしてひっそり暮らしている姿を想像するとなぜか恐くなった。

「お母さん行ってくるね」

聞こえてびくっと震えた。それはスマートフォンに映るハルの声だった。「四十九日」の意味を調べたあと、ふたたび眺めていたＴｉｋＴｏｋの画面を慌てて閉じた。気づくとぎゅうっと手に力が入っていた。

「大丈夫、ですか？」

バックミラー越しにわたしの様子を伺う近藤の視線と目が合う。

「えっと……まぁ、えっと……」

そう、よくわからないことを言いながらドアのハンドルを引いた。コンクリートの地面に足がついた。外に出るとぬるい風が流れていた。

近藤も車から降りてきて、

「ひとりでいけますか？　一緒についていきましょうか？」と聞いてくる。すでにわたしがエースの家の中に入ることは決定事項かのような言い方。

「行けます……ひとりで」

そう答えるのが精一杯だった。アパートへと歩き出す。自分が、近藤によって歩かされている気分。見えない糸。わたしは人形。こつ、こつ、と二階への外階段を上っていく。格子窓にかかっていた傘はなくなっていた。背中にじんわりと嫌な汗をかいてる。

インターフォンへと手を伸ばす。人差し指の先が少し震えている。本当はもう逃げたかった。なのにここまで来ると、目の前の色褪せたインターフォンはわたしが押さなければならない物のように思えた。

ピンポン――。

部屋の中からベルの音が漏れ聞こえる。足音。どっ、どっ、と近づいてきて鍵を開ける音がした。そこで突然、どんな顔をして凛子さんに会えばいいのかと不安になった。お久しぶりです、と笑えばいいのか。エースは死んでしまったのだから、悲しそうに俯いていたほうがいいのか。頬が強張り、今、わたしの顔は歪《ゆが》んでいると感じた。やっぱり逃げたい。まだわたしは凛子さんに会うべきじゃないんだ。なんでわたしはここに来たんだろう。一瞬のうちにたくさんの思考が巡ってぐちゃぐちゃになって、視野が白んだ。踵を返そうとしたらドアが開いた。

ドアの隙間から出た顔は凛子さんではなかった。

若い男の顔だった。

「えっと……」

その男は困ったような顔でわたしを見る。わたしも困って、口をぱくぱくさせ、

「あ、あの、エース、じゃなくて金森さんの……凛子さんは……」

と途切れとぎれにやっと言った。

「えーっと……誰、ですか？」

男は困った顔のままそういった。

「あ、わたし金森さんの友達で」

「そうじゃなくて…その金森さんってどなたのことか……」

そこまで言って「あっ」と声を出す。

「もしかしたら前にここに住んでた人のことかなぁ？　僕、最近ここに引っ越してきて、僕の前に誰がここに住んでたとか知らないんですけど」

ハッとしてドアに付いているポストを見た。

表札が『金森』から『前田』に変わっている。

「あ、あ、ごめんなさいっ」

わたしは軽く叫んで頭を下げ、走った。さっきのぼった階段を駆け下り、車に凭《もた》れて待っていた近藤を無視して後部座席に乗り込む。

ちらっとアパートを見ると、男が不思議そうな目でこちらを二階から見下ろしていて、わたしは顔を隠した。呼吸を乱しながら、どうしてか、わたしは安堵していた。すでに凛子さんがアパートからいなくなっていたことに。

「……あの人って、誰ですか？」

運転席に座ってドアを閉めると、近藤は言った。

「知りませんけど……たぶん、前田さん……」

「前田さんって…？」

「いやいやだからわたしも知らないですって。凛子さんはもう住んでないみたいです」

マジかぁ。そうこぼして、近藤は車のキーを差した。エンジンが軽く唸る。わたしは身体をよじって顔を隠したまま黙っていた。

「……どうしましょっか」

「……どうでも」

「……」

近藤はなにも言わずアクセルを踏み込んだ。車が道路へ出る。エースたちが住んでいたアパートがどんどん遠くなっていく。さっきの若い男の姿はもうなかった。これで本当の本当に、エースとお別れなんだという気がした。

「僕、これから会社にこの車戻さなきゃなんですけど、せっかくだしそのあとご飯でも食べますか？」

「あぁ……そうですね」

なんだか断るのも面倒だった。

高速道路に乗ると追突事故が起きたみたいで、車はのろのろとしか進まなくなった。制服を着た数人の警官たちが赤色灯を振っている。その背後でボンネットがひにゃっと妙な方向へと曲がった車が灰色の煙を吐いていた。

「うわぁ」と近藤が他人ごとみたいに声を漏らす。いや、他人ごとなんだけど。

ポタッと窓が濡れた気がした。それからどーっと雨が降ってきた。

「セーフでしたねぇ。もしかしたら台風上陸するかもみたいだし、そしたらしばらく事件現場も増水して見れませんからね、よかったです」

近藤は前を向いたまま一人でしゃべっていた。東京にはわりと台風がくるらしい。相変わらず車はのろのろとしか進まない。

フロントガラスをいったり来たりして雨を拭きつづけるワイパーを、わたしはぼうっと眺めていた。

濡れる。

拭く。

濡れる。

拭く。

それでもやはりフロントガラスは濡れていく。

ワイパーがとんでもなく虚しい生き物に見えてくる。


近藤が勤めている会社は、海の近くにあった。どす黒い色をした雨空の向こうに長い長い橋が見える。その橋はピカピカと光っている。あれがレインボーブリッジだと思った。何度かテレビで見たことがある。

車をビルの地下駐車場に停め、

「見学してみます？　会社」と近藤は言った。

正直どっちでもよかったが、このあと客を取っているわけでもなかったので頷《うなず》いた。

わたしは東京に来て会社というものにまだ入ったことがない。エレベーターで一階に上がると受付がある。わたしたちの王国があるホテルの受付スタッフより綺麗な、けれどもなんとなく性格がきつそうな女性が二人、ブースの中に座っている。

「ちょっと待っててください」

近藤が言って、その女性のうちの一人とやりとりしてる間、少し離れた場所でわたしは電車の改札みたいなゲートをくぐる人々や、なんの反応もされなくてもいちいち頭を下げる警備員、そしてコーヒーを片手にうろうろ歩きながらずっと電話している三十くらいの男の人を眺めていた。

これがサラリーマンの仕事。

みんなが当たり前に大学や専門学校を出て、就職活動というものをして目指す先。お金を払って、わたしやハルを抱いている大人たちの日常。

「お待たせです。これ」

近藤から受け取った『GUEST』と書かれたカードを首からさげ、わたしもゲートをくぐる。いつもは煙たく感じるくせに、サラリーマンの一部になったみたいでちょっとだけテンションが上がる。警備員はわたしにも頭を下げてくれた。

エレベーターで十階。

降りると、『株式会社　麒麟社』と刻印された銀板が壁に貼ってあった。

「散らかってますけど……」

まるで自分の家でも案内するような物言いの近藤についてフロアに入る。その一面が近藤の会社のようで、デスクがずらっと並び、ある区画はおしゃれな服を着たお姉様方が整頓されたテーブルでなにやら話し込んでいる。女性ファッション誌の区画なんだなと思う。で、近藤はというと様子がおかしい区画へとずんずん進んでいく。

そこだけ若干灯りが暗く、デスクには雑誌や新聞、それにプリントアウトされた紙が山となっている。山の隙間から顔がちょこちょこ生えて、通り過ぎるたびに「つかれっす」と近藤は挨拶する。顔はどれも「あぁ」とか「うす」とため息にすら聞こえる薄い返事で、小さなノートパソコンに向かってなにかを打ちつけている。

これが僕のデスクで、と近藤が言った。そのデスクだけ若干だけれど他のデスクよりは整頓されている。小さな文字の並んだ用紙にミミズみたいな赤ペンの線がたくさん走っている。見出しには〈歌舞伎町の住人　少女Hの衝撃ルポ〉と印字され、「衝撃」と「ルポ」の間に「売春」と赤字が入っている。

「あれが編集長です」

近藤の指差した先には黒縁のメガネをかけたおじさんが眉間に皺を寄せ、じいっとなにかを睨んでいる。

「表紙の文言を考えてるんです。雑誌の、うちだとグラビアの子とか載せる表紙にどの言葉を配置するか。けっこうあれって大事で、不倫ネタ、貧乏ネタ、学歴ネタとかをどうパンチあるように見せるかが腕の見せどころなんですよ。それで雑誌の売り上げ変わったりして……ウケるでしょ？」

自嘲的に笑う近藤に、わたしは「別に」と言った。それでお金をもらってるんならウケるもなにも、それが仕事なんだから当たり前なのではないか。近藤から見たら、わたしのお金の稼ぎ方もウケるのだろうか。まぁ、わたしはわたしにとって必要なことをしてるだけだからどうでもいいけど。

「僕ね、本当は新聞記者になりたかったんですよ。それで政治家の番記者とかになってスクープとかガンガン飛ばして。番記者っていうのはある特定の人に張りついて信頼を勝ち得る記者みたいな意味なんですけど、昔は緒方竹虎って人がいたり筑紫哲也とか、ジャーナリストの立場から日本の政治と向かっていた人たちがいたんですよ。山崎豊子っていう小説家がいて、僕その人の作品大好きなんですけど、その影響なんですかねぇ。言っちゃえば憧れだったんです。あ、っていうか僕だけしゃべってます？　しゃべってますよね。

いっぱい食べてくださいね」

網から立ち上る煙の向こうで顔を赤らめた近藤がトングと口を休みなく動かしている。わたしはどんどん皿に載せられていく焼肉を咀嚼する。タン。カルビ。ハラミ。もう一皿カルビ。外はどしゃぶりの雨。そのせいか、店の客はまばらで若い店員たちの暇そうに談笑している声が流れてくる。

「じゃあ今はわたしの番記者ってことですね」

テキトーに言った言葉が近藤にハマったらしく、ははっ、と大げさに笑って、

「たしかにそうですねぇ。うん、実際思うんですよ。正直これまで週刊誌なんて他人のセックスと隠しごと、不安とかを書いてばっかりでなにしてんだろうって。夏の海で水着の女子ナンパしておっぱい見せてくださいとか、それが仕事だったんですよ。いや、それって仕事かよって。おっぱいにジャーナリズムなんかあるわけないですよ。けど、今回の取材は違います。はじめは嫌々でしたけど、たぶん今僕はこの国の深いなにかに触れかけてる気がします。山崎豊子が描いた時代は政治の時代だったかもしれない。今は、残念ながらそうじゃない。もっと自分のすぐ傍に、目を逸らしてただけの世界に未来につながるなにかがある。まだそれも「なにか」でしかないけど、それを探るのは楽しいです。あ、楽しいってのは……すみません。そういう意味じゃないんですけど……」

「いや。全然、別に」

店員に烏龍茶を注文すると、近藤が「あ、僕もう一杯ハイボールください」と言った。

エースが死んだのに、わたしは焼肉を食べている。近藤は謝ったくせに、ハイボールを頼んでいる。なにも変じゃない。だって、そういうもんでしょ。

「……。で、あの、これは僕の私見でしかないんですけど」

運ばれてきたハイボールをひと口飲むと、近藤は言葉を選ぶような口調になった。

「たぶん、警察はすでにエースさんを殺した犯人に目星をつけてると思います。僕にはそれがササキさんなのか、別なのかまではわかりません……。ただ、目星をつけた上で泳がせてるような気がします。つまり、犯人を捕まえることが目的じゃない。もっと大きな相手の検挙を狙ってる……」

「え？」

ネットに書かれていたこと。ハルがいっていた半グレという言葉。

「……青龍？」

わたしから、近藤は静かに視線を逸らした。

近藤はそういう機械にでもなったかのように、黙々と生の肉を網に載せ、焼けたらわたしの皿に運ぶという動きを繰り返していた。わたしはわたしでそれを箸でつかんで食べるという機械みたいだった。近藤がなんで急に目を合わせなくなったのかわからなかった。普段、ほとんどカップ麺かコンビニの弁当しか摂取してないわたしにとって、食べ慣れないちゃんとした肉の脂身は重く胃に蓄積されていく。

ビールでも飲みたかった。けれど、未成年とバレて近藤に迷惑をかける可能性に気が引ける。この時間を誤魔化すようにわたしはとにかく肉を食べることに集中した。

「じゃあ、そろそろ出ますか」

皿から赤い、生の肉がなくなると近藤は言った。

外はまだざぁざぁと雨が降っていた。台風はどのあたりまで近づいているのだろう。はやく来ないかな。

「あの、どうぞ」

言われるがまま、近藤がさした傘の中に入った。近藤の右肩が雨に濡れていく。

緩やかな勾配の坂をくだっていくと、ぼうっと緑色の看板が光る駅が見えた。まばらな人影が改札へと吸い込まれては、入れ違いに吐き出される。

駅の屋根の下にたどり着いてわたしは、

「じゃあ……」と離れようとした。

その途端、腕がなにかに引っかかった。

見ると、近藤の手がわたしの腕をつかんでいる。リストカットの傷がじゅくっと痛んだ。

自然と顔が歪み、それに気づいた近藤から、

「ごめんなさい」と謝られる。

でも、多少力の緩まった手はまだわたしの腕を離さない。

「どう…したんですか?」

ピーンポーン。

駅構内から間抜けな音がしている。近藤の身体が震えているような気がする。雨で冷えたのだろうか。じっとわたしの顔を見て、逸らし、そしてまた見るのを繰り返している。

「ごめんなさい…」

もう一度言って、やっと手を離してくれた。支えられていたわたしの手は行き場をなくし、なんとなく自分の耳たぶに触れた。熱くなっていた。黙って歩き出そうとすると、背後から近藤の声が追ってきた。

「――――です」

「……え？」

振り返った。

近藤が、今度はちゃんとわたしを見ている。

目が、合っている。かっと燃えるような軋《きし》みが身体の芯を走った。

「あなたのこと、好きなんです」

その言葉が届いたとき、わたしは走って逃げていた。

料金表も見ずに切符を買い、改札をくぐって一度も振り返らなかった。ちょうどホームへと滑り込んできた車両に乗り込んで脳をぐちゃぐちゃにかき回された気持ちのまま形が曖昧《あいまい》になって過ぎ行く街の光を眺めるしかなかった。

他人、いや肉親をふくめて「好き」という言葉をもらった経験の記憶がわたしにはない。嬉しいとか嬉しくないとか、そういう感情よりも先に「汚《きたな》い」と思った。近藤に対してじゃない。自分に、だった。

わたしは汚れてしまっている。こんな汚《きたな》い身体のわたしは、もう誰かに好きだとか言われちゃいけないんだ。言われる資格がないんだ。

そう、「好き」という言葉がわたしに自覚させたのかもしれない。

だから逃げた。頭がおかしくなりそうだった。

台風が近づいてる影響か、新宿に着いても人の数は普段の五分の一くらいだった。駅で傘を買おうかと思ったが、どこも売り切れで面倒になった。

東口から出て、雨に降られるがまま喫煙所で煙草を吸った。

体温が下がっていくにつれ、つい数十分前のことがとても遠い昔のことに思えて少し落ち着いた。女だったらなんでもいいというような男に「ひとり?」と声をかけられ、わたしは黙って喫煙所から去った。

「無視すんなよブスが」と聞こえた。

いつもなら、おめーから言われたくねぇんだよ、自分の顔みて物言えよ、と心の中で叫び返せば平気なのに、今日は違った。自分の存在が揺らいだ気がして、泣きそうになった。

なんでそんな非道《ひど》いこと言うの?

生きてる価値みたいなものが、急に目の前から消えてしまった。

雨が降っててよかった。晴れてたら、この煌々《こうこう》と光る街の夜、涙でぐしゃぐしゃになって歩いているのがバレる。誰に? わからない。わからないけど、雨でよかったと思った。

このままホテルに帰りたくなくて、わたしはぐしゃぐしゃに濡れながら歩いた。

花園神社を抜けてゴールデン街を横目に路地へと入った。幅が狭く、暗い奈落のような道の向こうで小さな電灯が鈍い光を地面に落としていた。

「なぁ」

その声にびくんと慄《ふる》え、わたしは歩けなくなった。見て見ぬふりをして過ぎようとしたのに、呼び止められてしまった。

鈍い光の下で蹲《うずくま》っていた塊。わたしは今気づいたような素振りで声を返した。

「……たにえる…さん？」

この街での初めての客だった「たにえる」。

彼は、じっとわたしに目を凝らした。もともと細かった身体の線はさらに痩《や》け、筋張ったくぼみから目玉だけがぎょろっと動き生々しかった。ところどころ破れ、泥にまみれた服の裾から、枯れ木のような腕が突き出ている。

手の甲でうざったそうに降り続ける雨を拭うと、

「あぁ……」と、懐かしそうな声を出した。

「昔、会ったな……ファミレスでどか食いしてた女……まだいたんだ、こんなとこ」

そう言って、たにえるはうすく笑った。以前会ったときより、十歳は年老いたような笑い方だった。よく見ると、唇の端のほうで血が小さく固まっている。ここで喧嘩でもしたのだろうか。すぐ傍でキャリーケースが横倒しになっている。

「大丈夫…？」

聞くと、「あ、あぁ」と今気づいたかのように指先で口を抑え、

「なんかさっき目ぇ覚めてさ…。寝てったっていうか、気絶？　よくわかんないけど、痛ぇなクソ…」

濡れたアスファルトに手をつき、ゆっくり起き上がろうとしてふらつくたにえるの肩を、わたしは支えていた。この天気のせいか気にならなかったが、近寄るとたにえるの全身からはものすごい悪臭が立ち込めていた。病気を患った野良犬のような臭い。

倒れていたキャリーケースの取っ手をつかむと、どこか痛むらしく、たにえるは顔をしかめた。その身体を支えながらわたしは、よろよろと歩き始めていた。

「え、なに…どこ行くんだよ…」

たにえるに聞かれて気づいた。

わたしのいく場所なんて、ひとつしかない。

「へぇ。こんなとこにいたのか。いいところに収まったなぁ」

あまりホテルの受付の目につかないよう、そそくさ乗ったエレベーターの中でたにえるは呆けた声で言った。

「思い出してきた。僕、名刺渡したよね？　連絡してこなかったなぁ全然」

「だって、捨てた」

「なにを？」

「名刺」

「マジか」

たにえるが言ったのと同時、チン、と音が鳴りエレベーターのドアが開いた。

シャワーを浴びるよう、浴室へとたにえるを押し込むとびしょびしょになった服を着替えて、わたしは煙草をふかした。無数の滴の弾けるノイズ、それが外で降る雨なのか、たにえるの浴びるシャワーなのか曖昧になりながら煙をぽわぽわ吐いて心をなだめる。

咄嗟に逃げてしまった近藤になにか連絡するべきか。けど、スマートフォンを見ても向こうからはなんの音沙汰もない。これまで一応、取材の謝礼金なるものをもらってきた。それはどうなるんだろう。ＳＮＳを開くと、いくつかＤＭが届いている。

また相手の募集かけなきゃなと思いつつ、ＤＭを確認するのが面倒で、流れているＳＮＳの投稿を惰性でスクロールしていく。

〈甘やかしてくれるし甘えてくる。わたしの特性理解してくれるけどわたしのこと好きな感じはしないいんだよな〉

〈お金なくてしんど……〉

〈なんで目が覚めただけでこんな病むの？　ごめんなさいごめんなさいごめんなさいごめんなさい〉

〈すきぴと会えた。セフレでも沼でもすきぴはすきぴなんだよ〉

〈総額３０００万！　３万×１０００人　ダイエット企画　一ヶ月後にマイナス15キロ達成しなかったらフォロワーの方１０００人に3万ずつ抽選で配ります！　どうか僕をフォローして達成しないことを祈ってください（笑）〉

最後の投稿に〈いいね！〉して、ダイエットが成功しないことを祈ってフォローのボタンを押した。世の中には痩せれないだけで他人にお金を配る人間もいれば、お金を稼ぐため見ず知らずの他人に身体を売る人間もいる。不思議。不思議だなぁ。あー、病むなぁ。病むって、甘い沼だと思う。

この沼にどこまでも落ちていって、息苦しさを越すと、ほのかに生温かいような暗い光が見える。まさに「落ちつく」。

そしてその底には無数の手がうようよ伸びている。身も心も絡め取られる。そうなると浮き上がる気力なんかもう湧いてこない。

無数の手には当然主たちがいる。顔も知らない、会うことなど一生ない主たちは、だけどもわたしと同じ沼にはまっているのだ。

つまりそこで、わたしはひとりじゃない。一緒に苦しんでいる存在を感じられるだけで、またわたしは絡めとられていく。もっと病んでいく。そして安心する。

病むのが生きる術となっていく。

〈死んだらなにも考えなくてよくなるのかな。雨に流されて消えてなくなりたい〉

そう打って、投稿したら、パンツだけ穿いたたにえるが浴室から出てきた。

「はぁ、気持ちよかったぁ。生き返るってこういうことかねぇ」

両肩から白い湯気が立ち昇っている。

「ドライヤー、使う?」

「あぁ…いや、とりあえずいいや」

脱いだズボンのポケットから、くしゃっと潰れたソフトケースの煙草を出して、一本くわえる。

「ここ、ひとりで泊まってんの?」

「うーうん。三人」

「ふーん。あとの二人は」

「わかんない。あんまり詮索しないから。けどもうすぐ帰ってくるかも」

「いいのか？　俺なんか入れて」

「別に……。シャワー使わせただけだし、あったまったら出てくでしょ？」

「まぁ、な……。あ、そうだ。シャワーのお礼に髪切ってやろうか、髪」

「え？」

煙をくゆらせながらたにえるは引きずってきたキャリーケースの口を開けた。中に詰まっている衣類をかき分けると、銀色のハサミが収まった革のバッグを出した。プロの美容師が使うようなハサミ。

「なんでそんなの持ってんの…？」

尋ねると、たにえるはおかしそうに表情を崩す。

「むかーしむかしは美容師やってたんだよ。これはそんときの名残っていうか、捨てれなくてさぁ」

「そう、なんだ」

「でもまぁ金困ってAVとか風俗のスカウトになった。ほら、美容師ってけっこう女子と絡むこと多いからさ、カットモデルとかで。そういう髪切った子とかで生活ヤバい奴をスカウトしてたらけっこう業界じゃ褒められてさ……って、んなことはいいとして、どうする？　今ならタダで切ってやるよ？」

ここに来てすぐ、ハルに部屋の浴室で染めてもらった赤茶色の髪の毛が落ちていく。今はもう行かなくなった広場で敷くためにドン・キホーテで買った、レジャーシートの上にしずかに落ちていく。

よどみなくハサミを動かしながら、たにえるが言う。

「これけっこう染め直してないでしょ。せっかくなら今度染め直してやろっか？」

たしかにプリンなんか通り越して、わたしの髪は地毛と染めた毛の色がしっかり二段に分離してしまっている。けれど

「や、いい」とわたしは答えた。この髪を染める人はハルがいい。

カラーリング剤を髪になじませてくれるハルの手の感触。ポリエチレンの手袋越しだけど、ずっと忘れられなかった。それは自分の記憶というより、髪が憶えているような感じ。レジャーシートに降り積もっていく髪はついさっきまでわたしの一部だった。

でも、もうそうじゃない。それはわたしの髪の毛「だった」もの。ハサミの刃で分断されたら、ハルの手に触れられた感覚ごと切れてしまうんじゃないか心配だったけど、大丈夫そうだ。試しに落ちた髪を拾ってひっぱったり捻《つね》ったりしても、なにも感じない。ハルの手に触れられていた記憶は、やっぱりわたしのものだったんだと嬉しくなる。

「なんだよ、そんなに髪切んの嬉しいの？」

たにえるに聞かれ、わたしは適当に「うん」と返事をした。こいつはなんにもわかっていない。でも、それでよかった。わたしがわかっていればよかった。ついにやにやしてしまう。さっきまで消えかかっていた自分が、蘇ってくる。

「たにえるさんってさ、人を好きになったこと、ある？」

「え？」

ハサミの動きが止まる。

「なんだよ…いきなり」

「や、別に。なんとなく」

好き――。

触りたい――。

一緒にいたい――。

大好き――。

愛してる――。

いろんな感情や言葉がある。

けど、そもそもなんで人は人を求めるんだろう。

ぐちゃぐちゃで矛盾しまくって、どす黒く淀んだこの心なんて、どんなに言葉にしたってその百分の一も伝わらない。伝えられない。セックスだって、結局は皮膚と皮膚の擦《こす》れ合い。だから、大人たちはなんの感情もなくわたしを抱けるんだ。そんなこと考えて息をするように傷つき、そのたび、どうせ人は一人なんだって思うのに、なのに、やっぱり一人は寂しい。辛《つら》い。優しくされたい。求められたい。

どうして?

「あったような、なかったような、かなぁ。そのとき好きだって思ってた奴も今考えたらなにがそんなに好きだったかわかんないとかあるし……って、なに。え、恋でもしてんの」

「こい……?」

そのとき、ピッと扉のロックが開く音した。

「へ?」

間抜けたたにえるの声。そのあとすぐ、絶叫が。

振り返ると、すでにたにえるの背中にハルが飛びついていた。

声にならない声を張り上げるハルに、ハサミを持ったままのたにえるが「な、なんだよお前!?」と首に巻きついた腕をほどこうと身体を拗《ねじ》らせている。

わたしはようやく我に返り、

「ハル！　ハル！」と呼びかける。

たにえるが「え、お前っ……」とハルに向かってなにか言いかけ、次にわたしを見て、

「こいつどうにかしろ！」と怒鳴る。

ハルの目は真っ赤に血走ってる。たぶんなにかで酔ってるんだと思う。

「……ね！　……ね！」

呂律の回っていないハルの叫びが「死ね」と繰り返しているのにしばらくして気づく。

「違うの、この人わたしの髪切ってくれてただけなの。なんもしないから、ね、ハル？」

冷静に言っても、わたしの言葉は錯乱したハルには届かない。振り解こうとしたたにえるの肘がハルの顔面に食い込み、鈍い声が短く鳴る。ハルは鼻から血を噴き出しながら、後頭部を床にぶつけ、身体全体がかすかにバウンドした。

自由を取り戻したたにえるは肩で息をしながら、

「なんなんだよこいつ！」と吐き捨てる。

わたしはそのたにえるを突き飛ばし、倒れたハルのもとへ駆け寄った。

上体を抱き起こす。意識を失ったのか、ずっしり重くなったハルの華奢な身体。頬を二、三度叩くと静かに目を開け、だらしなく笑う。

「あぁ、ジウだぁ」

鼻の両穴から真っ赤な血を垂れ流しながら、ハルがわたしを見て喜んでいる。

「大丈夫…大丈夫だから……！」

頬ずりして、ハルを抱きしめた。

口元にハルの血がつく。舌で拭うとその苦味に脳が少し痺《しび》れる。

「お前ら…やべぇよ……」

まるで動物でも見るような目をわたしたちに向けるたにえるに喉を震わせた。

「出てってよ！　いますぐ出てってよ！」

「いやいや、イカれてるってお前らマジで…」

たしかにイカれていた。自分から連れてきたくせに出ていけと叫んでいるわたし。たにえるはキャリーケースにハサミと革のバッグを押し込むとファスナーも閉めずに扉から出ていった。まだ呼吸が整わないまま、わたしはハルに謝る。

「ごめん、ごめんね……」

「ここは…うちらだけの……三人の…楽園でしょ？」

ゆっくり、確かめるように、わたしの傷だらけの腕に凭《もた》れたハルが言う。

「うん。うん。ごめんね」

わたしは何度も頷《うなず》く。

なんにも考えず、たにえるを招き入れてしまった自分が恥ずかしかった。かわいそう…と囁く声がして、ハルがわたしの切り途中のアンバランスな髪に触れる。今度は手袋もなにもない、ハルの生身の手によって、わたしの髪の毛がふわっと揺らされる。銀色の指輪をつけたハルの指の細さを実際に感じることができる。

「ジウは…裏切らないよねぇ？」

「え？」

ハルの鼻から流れていた赤い血は、次第に止まって暗い、赤暗い固まりとなっていく。

「ここ以外、全部嘘だよ？　ここだけが本当。死んだらね、それが本当になるんだぁ」

晴れていた。

わたしは「たいふういっか」という、いつか、誰かから聞いたことのある言葉を思い出していた。誰から聞いたのだったろう。まだ公営団地に住んでいた頃のように思う。だと、すると小さい頃の記憶も馬鹿にならない。いや、違う。

みんな、本当は覚えてるんだ。

身体が。心が。

ただ脳の引き出しにいろんなことを仕舞ってるだけ。今だって、頭上に広がるこの青空にわたしの心がどういうわけか反応し、「たいふういっか」を引き出した。

スマホで「たいふういっか」と打ち込んでみる。

――【台風一過】台風が通り過ぎたあと、空が晴れ渡りよい天気になること。転じて、騒動が収まり、晴れ晴れとすること。

頭で説明文を読み上げていると、
カッキィーン！

そう、甲高い音が響いた。

くすんだ白い球が一直線に飛んで、緑色のネットを揺らす。

「いえーい！」

金属バットを持ったハルが跳ねて喜んでいる。

「前見ろ前！　次の球来る、来る、ほら…」

わたしの隣でコタロウが叫ぶ。

「え？」

振り返りかけたハルの背後からスピードのある球が機械によって投げ込まれ、ドンと鈍い音で金網にぶつかり転がる。

「はよ次の球打てや」

「えー、もう手に力入んないよー」

ぶつぶつ言いながら、ハルはまたバットを構える。

対岸で、野球選手の形をしたオレンジ色の光が腕を振りかぶる。片足が上がり、ぐわんと前に踏み出した瞬間、球が向かって来る。

「さん、にぃ、いちっ」

ハルは口ずさみバットを振った。

ギャインと耳が痒くなるような音を立て、バットに当たった球はふわりと打ち上がった。

天井を覆った網にちょっとだけ触れたが、力なく床に落ちて数回バウンドすると転がっていく。そこで、バッティングマシーンの一ゲーム分が終わった。扉を開けてバッターボックスから出てきたハルの額には汗の滴が浮き上がっている。

「はぁもう無理ー。つっかれたー」

そう言いながらもコタロウから教わったバッティング法を忠実に守っていたハルがかわいかった。お疲れ、とペットボトルを渡す。「さんきゅー」とそれを受け取り、ハルは本当に美味しそうに水をごくごくと飲む。

バットは最初から引いとく。正しい構えを無理に意識せんでいいから。要はタイミングや。あの擬似ピッチャーの動きと球の速さを逆算して、いつ振るか考えたら打てる。さん、にぃ、いちって数えてみ？　ええか、タイミングやで。

ハルが打っていた隣のバッターボックスにはジャケットを脱いだワイシャツ姿の男が立っている。スニーカーを履いた左足をぐいんと独楽《こま》の軸みたいに回して、キィーン！　キィーン！　と綺麗な音を鳴らし、「1」から「7」まである四角いホームランの的近くに球を打ち込んでいる。

一目見て、ただのサラリーマンじゃないなと思った。

歳は三十後半くらいだろうか。たぶん、私服警官。サラリーマンがバッティングセンターで仕事をサボるため、わざわざ革靴からスニーカーに履き替えるとは考えにくい。私服警察たちはなにかあったらいつでも走れるよう、スーツでも革靴ではなくスニーカーを履いているというのは広場でたむろしている人間からすると常識だった。男の汗をかいた浅黒い顔が、太陽に反射してたまに光って見える。

これまでは顔見知りというか、ほとんどの場合、どこかで見たことのある警官が街をうろついているだけだった。けれど、近頃はなにか違う。増援されている？

実際、界隈ではもうすぐ大規模な補導があるんじゃないかという噂もある——大きな相手の検挙を狙ってる——近藤の言っていた言葉が頭をかすめる。

あの日以降、三回近藤から電話の着信があったがどれも無視している。しかし補導と検挙ではかなり、意味に差がある。それに、今は昼過ぎだった。補導されるのは午後十一時から朝四時の間に外出している未成年が対象。まぁ、対象であってもみんなうろついてるけど、少なくともこの時間、堂々と酒を飲んだり煙草を吸ったりしない限り、わたしが補導されることはない。ハルとコタロウはすでに補導対象でもないし。

他のバッターボックスは学生っぽい男女や、なんでやろうと思ったのか疑うほどよぼよぼの年寄り、それに中東系の外国人たちが各々真剣にバットを振っている。

区役所通りの一角。夜は「新宿バッティングセンター」というレトロなつくりのネオンが煌々《こうこう》と輝き騒がしい印象があったけれど、昼間は不思議なほどの長閑《のどか》な時間が流れていてちょっと驚いた。

「じゃ、次いくわ」

ハルと入れ替わり、コタロウがバッターボックスに立った。

意外にも、バッティングセンターにいこうといい出したのは、このコタロウなのだ。またハイになって自分でもよくわからないことを言ってるだけかと思っていたら、今回はまともだった。

ちゃんと昼前には目を覚まし、まだ眠いとごねるハルとわたしを根気よく起こすと、三人の「王国」を出発した。人でごった返す中を揃って進んでいると、まるで冒険の旅にでも出たような気分だった。そうだ。この毎日はきっと、わたしたち三人の終わることのない旅なんだ。バッドを肩にかけ、コタロウが百円玉を三枚入れる。ウィン……と機械に電源が入り、対岸にまたオレンジ色の野球選手が浮かび上がる。

ハルとわたしは同時に、

「打て、コタロウ!」と叫んだ。

「おう。ちゃんと見とけよ」

顔だけ振り返ったコタロウが珍しく勇ましいことをいう。

オレンジ色の光が、大きく振りかぶった。

そして左足を上げる。

ぎゅっとコタロウがバットを握りしめたのを感じた。

振り下ろされた光る腕の先から、くすんだ白い球が向かってくる。

キィーン！

コタロウがバットを振り抜くと、球は一発で「3」と書かれたホームランの的へと当たった。的の上にあるランプがピカッと点灯し、救急車のサイレンのような音が鳴り響く。

「すごー！」

わたしは叫んだ。ハルがわたしに抱きつきながら、

「いーぞコタロウ！」と頬を赤らめて喜んでいる。

「まだいくでー」

ちょっとだけ振り返ってコタロウは笑う。

二球目。

ドッ！　と鈍い音がした。

コタロウの振り抜いたバットは空を切り、バックフェンスにぶつかった球がコンクリートの床に転がっている。今度はわたしたちが笑う番だった。

「要はタイミングやでー！」

ふざけて言ったハルの言葉にぴくりとも反応せず、コタロウは黙って次の球を見据えバットを構えている。

「怒ってる」

いたずらっ子のようにニシシとハルが笑う。あぁ、今日とっても幸せだなぁ。誰かにとってはただの平凡な一日に過ぎないかもしれなかった。けれど、わたしにとっては目の奥が熱くなるほど幸せな時間なんだ。だから、

「怒ってるね、あれ」

そう言ってハルと顔を見合わせ、笑い合う。ぼんやりとしたこの幸せをわたしも、ハルも、コタロウも、ずっとほしかったんだと思う。

大それた幸せなんて一度も望んでない。なのに、わたしたちは傷だらけだった。他人からつけられた傷。自分でつけた傷。いつしかその痛みを誤魔化すために新たな傷を求めるようになっていた。バッティングセンターを覆う網は、わたしたちの心を囲う檻みたいに見えた。無数の四角い線で区切られた空はどこまでも青かった。

結局、コタロウが空振りしたのは二球目だけで、あとはほとんど綺麗に打ち返していた。

「いる？」

「あぁ」

さっきハルにあげた水をコタロウは一口だけ飲んだ。

「ちょっと、ちゃんと打て過ぎじゃない？」

「昔はリトルリーグで四番打ってたんや。こんくらい楽勝」

「え、四番って一番打てる人がやるやつでしょ？　そんなひょろっちいのに？」

「野球やってたときはもっとごつかったんやって」

「ごついコタロウとかむりぃ」

「なんやねんそれ」

次は、わたしの番だった。

網をくぐって、バットを握った。

ずしっと重い。隣のバッターボックスで打っていた男はいつの間にかいなくなっていた。

百円玉を入れるまえに素振りしてみることにした。わたしは野球をこれまでやったことがない。バットは初めから引いておく。無理に正しい構えは意識しない。マシーンからボールが飛んできたと想像しながら、バットを振る。が、全然コタロウみたいにいかない。

ハルも、よくあんな痩せた身体でボールに当ててたなと思う。

「いーぞー！　大丈夫、打てる打てるー！」

無邪気なハルの声援を背中で浴びる。でも本当に打てるだろうか。

そもそも運動はからっきしダメだった。いや、運動も、勉強も、わたしにはなにひとつ誇れるものはなかった。それでも打ちたい。声を上げて応援してくれるハルと、面白そうに黙って見てるコタロウの前で、わたしも甲高い音を鳴らして球を打ち返したい。百円玉を三枚入れる。対岸のスクリーンにまたオレンジ色の野球選手が現れる。

ハルがひときわ明るい声でわたしに向かって叫ぶ。

また目の奥が熱くなってきて、一瞬わたしは空を見た。ずっと、これからもずっと、わたしたちは三人で生きていくんだ。

ふっと息を吐いて対岸を見た。オレンジ色の野球選手が大きく振りかぶって、わたしは少しだけ緊張する。一球目が来た。慌ててバットを振ったけれど、球に当たらず空を切る。

「力むなよー」とコタロウの声。

そうだ。肩の力を抜く。大事なのはタイミングだ。

地面を踏みしめ、バットを引いて、あとは当てるだけ。

心の中で口ずさむ。

さん、にぃ、いち——マシーンから二球目が飛んでくる。ちゃんと打てたら、とてつもなくいいことが起こる予感がした。

わたしは握りしめた手に願いを込めて、バットを振り抜いた。

一度ホテルに戻って身体を休め、わたしたちは再び街へと出た。

ハルが酒を飲みたいというので、コンビニで缶チューハイとポテトチップスを買って久しぶりに広場へと向かった。

エースが死んだあと、自分が次のエースだという人物が数人現れ、今は混沌としてると聞いていたが、広場はあまり変わらない様子だった。

それでもわたしたちがたむろしていた頃とはメンバーも入れ替わっていて、ブルーシートの上ではしゃいでいるグループは、一瞥しただけですぐ視線をそむけた。

以前、近藤と来たときにスピーカーで音楽をかけて踊っていた老婆の姿もない。

「そういえばさ、ササキってどこにいるか知ってる?」

広場の隅で地面に腰を下ろしながら聞いた。

「知らない。もう東京いないのかもね。大阪とかいんじゃない? わかんないけど」

あまり興味のなさそうな顔で答え、缶チューハイを飲んで「うめぇぇ」とハルが唸った。

コタロウを見ると、首をひねって「さぁな」と言う。たしかに、大阪にもこの広場のような場所があると聞いたことがある。まぁ、ササキならどこでも生きていけるだろうけど。

「ここも昔は楽しかったよね」

ハルがぽつっとつぶやいた。ほんの数ヶ月前の「昔」。それは言葉にすると大げさのようで、けれど、エースやササキたちと広場で騒いでいた日々はすでにとても遠くなっていた。

――なんかぁ、街の掃除とかぁ、炊き出しとかぁ？　そういうのやってて、うちも手伝ったりしたこともあるけど、フッーにいい人でしたよ。

――歌舞伎町のリーダーみたいな感じで自分で「エース」とか名乗っちゃってダサって思ってました。喧嘩の仲裁とかやってたっていうけど自分だって喧嘩してたし……。死んだのはあれだけど、でもいなくなって自分はここにいやすくなったなって思ってます。

――この街のキッズたちのために募金してますとかいってやってたけど実際なんに使われてたとかわかんないよね。あいつんちも貧乏だったたし、基本金に困ってはいたっぽいからら。まぁ人望もあったたし変に言うと俺のほうがハブられそうだったから黙ってたけどぶっちゃけ集めた金ガメてたって思ってるけどね。

――いくつかわかんないけど、もともと何個か前科持ちっては聞いたことあります。殺されるくらいだし、なんかヤバイことやってたんじゃないすか？　ハハッ。あんな強面なくせに実はロリコンとか、女も男もどっちもいけるとかいう噂聞いたことあるし。

――エースさんいなくなって寂しかったけど、自由っていうか、なんかルールみたいなのなくなって楽になったかもっては思ってたよ。あの人ウリはあんまうるさくなかったけど、ドラッグとかはマジ厳しくて、実際やってる奴ら追い出したりしてたから……でも最近はちょっと懐かしいって思うかも。今けっこう周りでドラッグとか違法系のやつ流行ってるけど、それも止める人いなくなったからだろうなって思うし、警察とか保護所とかってどうせ注意か補導するだけでほんとに助けてくれたりはしないもん。知ってます？　これ。ＴｉｋＴｏｋでバズったやつ。ほら、これドラッグやってキマってるのアップしてめっちゃ再生されてんの。

モザイクをかけられ、顔がぐしゃっと崩れた人たちが、エースについてしゃべっている。見たことあるような気のする子もいるけど、ほとんどは誰だかわからない人たち。が、生前のエースについて語っている。【総力取材！　歌舞伎町の王・故エースの真の姿】と銘打たれた、なにかのテレビ番組の動画がネットに流れ、それが死んでしまったエースの「本当」となっていろんな人に吸収されていく。たぶんその情報を受け取る側は疑わない。疑う必要もないのかもしれない。

だって、関係ないから。

答えてる側も、受け取る側も、この動画を撮ってる側も、エースがどんな人間だったかで自分の生活にはなんの影響もないのだ。

「なんかもうすぐめっちゃおっきいビル出来るんでしょ。けっこううざくない？」

「らしいなぁ。このへんもなんか居づらくなるんかもなぁ」

ハルとコタロウが缶チューハイを飲みながらしゃべっている。スマートフォンを眺めていたわたしは、空を見る。高い高い建物に囲まれた空。映画館の入っているビルの上では相変わらずゴジラがわたしたちを見下ろしていて、その少し西の方角には建設途中のビルからにょいっとクレーンが伸びている。

「まぁ、別にみんな、俺らもだけど、ただよくわからんままここに流れ着いてるだけやしな。ここがなくなってもまたおんなじような場所見つけるんやろうなぁ、どうせ」

コタロウの声色は、まるで他人事のようだった。

「じゃあ……ここがもし、本当にもしなくなったら……この街にいれなくなったらさ。ハルとコタロウは……どうするの？」

そう聞くとコタロウは「どうするんやろなぁ…」と言って、あとは黙った。ハルは隣でニコニコと酒を飲みながら、でも、その目の奥は虚ろだった。

「わたしは……。わたしは……嫌だよ……」

汚くて、混沌として、人間の掃き溜めみたいな街。

酔っ払いと、オーバードーズと、売春と、暴力の街。

でもそれがわたしたちの居場所で。わたしたちが三人でいられる世界で。親も教師も尤《もっと》もヅラする大人もいらない。わたしは、この三人でずっといれたら、それで、もう充分。

すうっと柔らかく温かいものが頬を這った。

「大丈夫だからぁ。泣くな泣くな」

ハルはその桃色の舌で、わたしの溢れた涙を掬《すく》ってくれた。頬に、缶チューハイの甘ったるいレモンの匂いが残った。いつまでも残ればいいと思った。

少し離れた場所からどっと笑い声が起きる。日が落ちゆくのに反比例するみたく広場でたむろする人の数は増えていて、地べたに座り込んだあるグループのある男が上裸になって立ち上がり、彼はある日のササキがそうしてたように下手なダンスを踊って野次を浴びている。顔も背丈も違うのに、彼のことをササキみたいだと感じることが切なかった。サササキにもエースにも、コタロウにも、ハルにも。わたしにも、「代わり」がいるみたいで。

「ねぇねぇ君たちこれいらない？」

わたしの目線の先、コタロウの背後から背の低い男が声をかけてくる。右手には短い煙草のようなもの。

「あっ…」

気安く手で肩を触れられたことにイラついたコタロウが振り返るとその男は戸惑った様子で口を丸くして固まる。よく見ると、男の歯はところどころ欠けている。ひどい虫歯か、ケミカル系のジャンキーか。

「お前……また戻ってきたんか……」

コタロウがどんな表情をしてるのかはわからない。けれど、またいつものボソッとした口調に戻る。

「それ、どっから……」

「いやべつになんもないよ。てかなんだよ逆にお前、エース死んじゃったのにまだこの辺うろついてるのかよ、べつにこれはなんもないよ、腹立つなぁ」

コタロウの言葉を遮ると、男は急に汗をかきながら一方的にまくし立てる。耳元でハルが囁く。あれ、たぶんエースが広場から追い出した奴よ。

「もうエースの時代は終わったんだよ。だからイキってんじゃねぇよ。ひとりじゃなんもできねぇくせに」

「時代終わったって……世界観マンガかよ」

ハルが笑うと、「あぁ!」と男はいきり立った。

「うっせぇぞ」

甲高い、よく通る声がして前のめっていた男の動きが止まる。

「ハチくんさぁ……そういうの静かにやってって言ってるよね？　ねぇ？」

近づいてきた黒いマスクをしたホスト風の青白い男が、ハチと呼ばれた男の頭にポンと手を添える。

「や、だってこいつらが…」

「ん？」

「……わかったよ」

ハチはうるさそうに頭に添えられた手を払うと、わたしが地面に置いていたチューハイの缶を蹴飛ばし、広場とは反対の道へと去っていった。

「ほんと困るよねー」

黒いマスクの男はつぶやくと、わたしを見てあれ？　という顔をした。

カラコンを着けているんだろう、切れ長の目はうっすら緑色をして蛇みたいな奴だと思った。「鏡月」の緑色の瓶を回し飲みしながら広場で騒いでいたグループが急に静まり、何人かがこちらの様子を窺っている。でもこの街は根本的に音で溢れている。通行人の話し声、店から漏れ来るＢＧＭ、誰かのスマートフォンの着信音、客引きのどこの国のものかわからない叫び声。

「ヨダさん……？」

コタロウの声に、ただ男は「うん」と言ってわたしから視線を移した。マスクの下でにかっと笑ったように見えた。「ヨダ」という名前をわたしは知らなかった。

元気みたいじゃん。懐かしいなぁ。どうしてたの俺がいない間。俺さぁ、刑務所ってとこは行くもんじゃないと思ってたけどなぁ、案外悪くなかったよ？　こんな生活に比べたらまぁ日本だったらどこでもマシだよな。なんにもしなくてもメシ出るしな。そりゃ旨くはないけど、でもやっぱりここでも旨いもんなんて食ってなかったしな。あ、あいつ、エースの炊き出しって旨かった？　豚汁とかつくってたんだろ？　食べたかったなぁ俺も。松屋の豚汁より旨かった？

コタロウは俯《うつむ》いて黙っている。

なんだよ黙んなよ。また仲良くやろうよ俺ら。もうメンドーな奴死んじゃったんだしさぁ、せっかく戻ってきたんだし俺。また児ポやって回してさぁ、楽しくやろうよ。思うんだけどさ、俺が捕まってる間に変わっちゃったここを取り戻すのが俺の使命なんじゃないかって感じっちゃってんのよね。今度はバックもちゃんとつけてるし。俳優のさ、――っていうほら、映画とかドラマとか出てる、あいつも顧客になったんだ、だからもう大丈夫だよ。あんなヘマもうしないよ。ＴＨＣＡもまだ合ドラだし、クラブでリキッドとか売りさばいてさ、もうこんな生活嫌だろ？　俺らでエースじゃ出来なかったことやろうよ。お前にあんな役目させたのもさぁ……悪かったなってマジ思ってるし。

わたしには男がなんの話をしているのかさっぱりわからなかった。

男がぺらぺらひとりでしゃべっているのを聞いていたコタロウは、話の後半あたりから小さく震えはじめた。

ハルが、ねぇどっかいこうよ、と促してその細い腕をつかむと、コタロウは凍えたような表情で振り払おうとする。

「あんたのこと知ってるよ、うち。あんた、あのホームレス殴ってリンチして死なせた奴でしょ？　散々人にやらせといて逃げた奴でしょ？　なによ、ヘラヘラして。もうコタロウ関係ないよね、うざいんだけど」

コタロウの腕をつかんで離さないまま、ハルは男にむかって食いかかる。

「お前さ、この女にもウリやらせてんの？」

男はハルをちらっと見ただけで無視し、コタロウに尋ねる。

「いくら？　ゴムありにーごーくらい？　生だったらプラス五千円？　俺にも……」

「やめろよっ！」

わたしは男のマスクの中にある口を塞ごうと飛びかかった。本気で殺したいと思った。

そのはずが、突然視界が揺れた。

ついさっきまで目の前にあった男の青白い顔が消え、気づくと眼前に広場のアスファルトが続いていた。「ジウ！」ハルの悲鳴が聞こえる。燃えるような熱を左の頰に感じ、次にじわりと痛みが広がってやっと自分が叩かれて地面に転がっているのを理解した。

なにこいつ。

半笑いの声が降ってくる。どこかから歓声が上がり、パシャパシャとスマートフォンのカメラで写真を撮る音もする。

「サツ来たぞサツ！」

誰かの大声。

どこか嬉しそうな響き。

「正当防衛だからね、これ」

いいからヨダさん早く！

取り巻きに男は促され、遠ざかっていく。

前触れのないお祭りでも始まったみたいに広場を瞬間的な興奮が包み込む。近くの交番から警棒を持った制服警官が二人走ってくるのが見える。

ハルとコタロウに引き起こされながらわたしは「くそが！」と叫んだ。

飲みかけの酒瓶やスナック菓子の袋をそのままに関係のないグループまで走って逃げていく。鬼ごっこに加わりたい子どもみたいだ。底の厚いサンダルを手に持ち裸足で走る。先をいくコタロウは泣いている。泣きながら走っている。

咳き込んで立ち止まろうとするハルの手を、わたしはつかんで無理やり引っぱる。

止まりなさい！

警官がどこかで聞いたことのあるような台詞を吐くが、誰に対して言ってるのだろう。

「こっちや！」

手の甲で顔を拭ったコタロウが叫んだ。

わたしたちは、道に溢れる人混みへと突っ込んだ。

わたしの暮らしていた町には五月、年に一回のお祭りがあった。

町の真ん中を通る国道を封鎖して、道の両脇にはイカ焼きやベビーカステラ、焼き鳥などの屋台がずらっと並び犇《ひし》めき合う。

男たちは明るいうちから酔っ払い、大きな赤い獅子を載せた神輿を担ぐ。夏の気配を感じた子ども達は学校の気になる相手を誘ってどうにかできないかうずうずしている。海が近いから、祭りの会場はどこも磯臭い。

その中で大人の女の人は胸元をはだけた法被のような服を着て夜の間中踊っている。花園神社にある鳥居の影にうずくまりながら、わたしはそんな話をした。

「いいところなんだね」

声をひそめ、けれどハルはにっこり笑っていった。

「田舎ならどこにでもありそうなダサい町だよ」

それに本当は、わたしは一度もそのお祭りの輪に加われなかった。

ずっと見てただけだ。

「今度うちとコタロウもジウの町に連れてってよ」

「そうだね。いつか、ね」

まるで、そんなときが来るかのようにわたしは答えた。

三人でコタロウの、箱に一本だけ残っていた煙草を回し吸った。それからふらふらふらとホテルまで歩いて戻った。

わたしたちの王国。

さっそく汗ばんだティーシャツを脱ぎ捨てた。

下着だけになると、ベッドに向かってわたしはまっすぐに身体を埋める。ハルとコタロウとわたしの匂いが混ざり合ったここが、わたしにとって世界で一番安全な場所だった。

「あんな」

そう声がして、次の言葉を待つ前に、やめてと思った。

「エース殺したの、俺らやねん」

けれどやっぱり、わたしの願いはいつでも間に合わなかった。

なんかな、今考えると、長い間夢なのか現実なのか、この街にいるようになってようわからんなって思うことがときどきあんねん。

他人からしたら、俺たちの生活なんてドブみたいなもんに見えるかもしれん。

ODやって、酒飲んで、身体売って。なんでわざわざこんなところおんねんってな。さっさと家帰ればいいのにって。でもな、やっぱり俺にとってはここしかなかった。夢でも現実でもどっちでもよかった。

ここにいれば、居場所があるから。

それはお前らも多かれ少なかれそうやろうし、まあみんながみんな、ある意味「普通」ってもんから弾かれた人間たちの集まりなのかもしれん。

普通って恐いよな。普通ってなんやろうな。

前言ったかもしれんけど、俺んちって代々医者家系なんよ。その人たちの普通からしたら、医学部に行けない俺は普通じゃなかった。

別に、怒りもしない。罵られたわけでもない。でも決定的に自分らとは違う生き物を見るみたいなあの目が嫌やった。

可哀想なもんを見る目。出来損ないに対して憐れんでる、妙な目。片足がない猫でも見る目っていうんかな。俺はずっとそれから逃げたかった。他の人にはようわからんかもしらんけど、まぁ、それで俺はここに来た。

俺……俺な。改まったら恥ずいけど、お前のことも、ハルのことも、家族やと思ってる。血ぃ繋がってる奴らじゃない。お前らが家族やって……光やって。

あいつも、な。エースのことも、そう思ってた。

エースと会う前まで、俺、さっき広場にいたヨダのグループにおったんよ。ヨダはな、地元がこの辺らしくて。親はもう両方とも死んでて。じいちゃんの家だかばあちゃんのとこだかで育ったたって言うてた。

俺が広場を出入りするようになったときヨダは歌舞伎町のホストやっとって、まぁ客引きみたいなことのためにうろついて、広場に座り込んで駄弁ってる女たちに声かけてな、そいつらも金には困ってる奴らばっかやからウリ斡旋して稼がせながら自分のとこのホストに来さす。ヨダはホストとして店の売り上げ作れるようになって、そしたら急にほかの女たちもヨダにきゃーきゃー言いだして「推し」だのなんだの騒がれて、いつの間にかヨダが広場の空気を仕切るようになっていった。俺はな、ヨダから頼まれてその女たちのウリの斡旋を手伝ってたんや。

いっつも酒飲んでODして、まぁそんときは一応コールセンターのバイトとかもしたりはしてたんやけど、でも女たちに案件斡旋して、斡旋っていっても難しいことじゃない。ただ俺らのこと信じられないっていう顔して広場通り過ぎてくくせに精子は出したいっていう「普通」の大人たちをネットで集めて繋ぐだけ。それでも嬉しかった。あんなクソみたいなヨダから褒められて……それでも嬉しかったんや。「お前はすげえ」って、役割を見つけた気がして。なんか、初めて人からちゃんと褒められた気分になれた。クソから認められて喜ぶ俺は、クソ以下やったと思う。

それでな、もうかなり前の話やけどな、ホームレスのおっちゃんがひとり流れてきた。広場のメンツなんて誰かが消えたり死んだりしても、すぐなんや、補充でもされるくらい自然にどっかから人が来てずっと入れ替わってくやろ？　だから最初はただのよくあることやった。そのおっちゃんはいつもおどおどしてて気が弱くて、けどその分優しい人でな。ボランティア系のおばちゃんと一緒に炊き出しとか、ハロウィンのときはお菓子配ったりしてたな。どっかの店で万引きしたお菓子かもしれんけどな、広場の界隈からけっこう慕われるようになっていった。ここまではよかったんや。

けど、そのおっちゃんがある女と仲良くなってな。っていっても、別におっちゃんがその女に手を出そうとしたとか、そんなんじゃない。下心があったかどうかは知らんけど、でもその女からいろいろ相談されたり、広場で一緒に酒飲んだり、俺にはそのくらいのことにしか見えんかった——こっからは、ハルにも言ってなかったことや。

あの日……ほんとに暑い日やった。今日みたいに一日中ずっと晴れてたなぁ。

俺は前の晩にパキリ過ぎて、夕方くらいまでぐだぐだ動けんかった。ビジホのベッド転がりながらＳＮＳで「案件」探して女斡旋して、そのあと夜になってぶらぶらしてたらヨダから電話がかかってきた。

来いよって言われた近くの雑居ビルの屋上に着いたら、よくわからんことが起きとった。傷だらけになって顔もボコボコに腫れ上がったホームレスのおっちゃんが床に正座してた。で、その周りを二、三人が取り囲んでて、ちょっと離れたとこの段差に座ってたヨダは俺が来たのに気づいて「おう、遅えよお前」と手を上げてニヤニヤ笑ってた。

おっちゃんの胸、たぶん肺からひゅう、ひゅうって音が鳴ってて、なにしてんすかって聞いたら「こいつが半グレに俺らの名前チクりやがってさぁ」とか「貸した金返さなくて」とかぼやきながらな、正座したおっちゃんの腹をほかの人間に蹴らせるんよ。

おっちゃん、緑色したゲロ吐いて、泣きながらなんもしてない、許してくれって俺のほう見てきてさ。ヨダが土下座しろ、頭床に着けてごめんなさい、私が悪かったですって謝れとか言って、おっちゃんはもう土下座っていうか倒れ込んでごめんなさい、ごめんなさいってやっと声出しながら動かなくなってな。そしたら気絶したフリうまいよなぁって一人に自販機から買ってこさせた水をおっちゃんの頭にかけて強制的に起こす。殴る。蹴る。その繰り返し。

誰か来たらやばいからって見張りを頼みたくて電話した。お前は特別だから信頼してるから仲間だから、こんな汚いホームレスを殴らせたりはしない。でもこのままにしとくとこいつのせいでいろいろまずいことになる。自分だってこんなことやりたくない。辛《つら》いけど広場を守る立場にいるからやらなきゃいけない。

たしかそんなことヨダはぶつぶつ説明してたと思う。

力、貸してくれるよな？　聞かれて、俺はそうか、仕方ないことなんかって思った。いや、とっさにそのとき俺は俺に思い込ませたんや。断ったら俺が今度は殴られる。正座させられて蹴られるのは俺やって恐かったのを、目の前で起きてることは仕方ないことやって頭が変換したんや。ヨダたちと一緒に俺がその屋上から逃げたのはもう朝になってからのことやった。七時間……七時間や。なぶり続けてな、水かけても頭叩いてもうごかんようになったおっちゃんに「こんくらいにしとくか」ってヨダがいって、俺も、実際に殴ってた奴らもやっと終わった、解放されたってそれしか考えてなかった。おっちゃんがどうとかもうそんなこと想像もせずにやっと帰れるってそれだけやった。

次の日な、おっちゃんの死体が誰かの通報で発見された。俺、それ知ったときにびっくりしたんよ。え、あの人死んだのってな。いや、そりゃ死ぬやろ。七時間も暴力振るわれて、最後のほうおっちゃんの顔、原型わからんようになってたんや。なのに……なのに、全部他人事やった。

それからしばらくしてヨダは捕まった。でも、殺人でって訳じゃなかった。

中三の女子をホテルに連れ込んでやったとかそういう罪。

おっちゃんを実際に殴ったりした奴らは傷害致死で捕まったけど、ヨダの名前は最後まで出さんかった。不思議やろ？

でもな……俺にはその理由、わかる気がすんねん。っていうか、俺自身も警察に取り調べされたときに、おっちゃんが完全に動かなくなるまでのことはしゃべったのに、ヨダがそこにいたことは黙ってたんや。言えなかったんや。

ヨダのことをしゃべったら、もうここに、この街にいられなくなるような気がした。やっと、やっと見つけたこの居場所を。

手は出してない、見てただけってことで、結局俺は逮捕されなかった。それまではまだほんの薄くつながってた実家の人らとも、事件のあと完全に関係が終わった。

本当に一人になったと思った。

ヨダが捕まってから、広場の奴らは俺を避けるようになった。いや、俺が避けるようになったのかもしれない。自分の居ていい場所を守りたかっただけなのに、俺は自分でそれを壊した。人の視線を感じるのも、人の目を見て話すのも恐くなってもう死んだほうがいいと思った。居場所ってのは物理的なもんじゃない。自分を認めてくれる人が居るところのことだったんやって、初めて気づいた。もう俺には誰も、そんな人間はいなくなってた。

でもじゃあ、俺があのときヨダの電話を無視してればよかったのか？　いや、おっちゃんが殴られ蹴られ続けるのを止めればよかったのか？　俺もいっそ捕まってたほうが楽だったのか――今でもわからん。毎日どうやって死ぬかばっかり考えてた。

それでなぁ。死ぬ前に、どうしても確かめたいことがあったんや。

俺は一体何者なんやって。

俺、ずっとな、学校の周りのほかの奴らが、それは親とか兄弟もそうやけど、当たり前みたいに女のことを好きになる気持ちがピンと来なかった。案件で女を買う奴らの気持ちも……いや、それが世間での普通なのはわかってた。でもな、心の底からそういうことを女としたいっていう欲求がどうしても湧いてこんくて……俺はそんな自分が嫌やった。出来損ないのような気がして、そんな自分を押し殺してた。

なんで俺は違うんやって。

普通じゃないんやって、形のない自分の中のなにかを呪ってた。

そのな、自分の中のなにかを、どうせ死ぬんなら確かめようと思ったんや。

ある意味でここはうってつけの街やった。今はもう潰れてなくなった店にな、俺は勇気を出して入った。中は暗くて、少しの赤い明かりだけしか点いてない空間で、仮面つけた男たちが相手を物色してうろついたり、しゃぶり合ったり、つながってたり。話には聞いてたけど、正直かなりびびった。こんな世界があるんやって。そう、恐くてどうしていいかわからないくせに、うずくもんがあった。この中でこの身体中をぐちゃぐちゃにされたいって、そうされてる自分のイメージで頭ん中がいっぱいになって動けんくなった。

部屋の隅のほうで俯いてた俺の手を握った奴がいた。そいつも仮面かぶってて顔は見えなかったけど、その俺の手をにぎった感触がすごく優しかった。その手が、どん底にいる俺のことを救ってくれる天使の手みたいに思えた。俺は、俺が何者なのかってことを、そいつから教えてもらった。でも、だからって連絡先を交換するのは店のルールでＮＧだったし、どうせ死ぬつもりの身なんやって考えたら馬鹿馬鹿しくもあった。俺は店を出た。

そっから二、三日経ってからかなぁ。街をあてもなく歩いてたらハッとした。たっくさん人がいる中でな、見つけてしまったんや。目の刺青を。俺が何者かを教えてくれた、あの仮面をかぶってた男の腕にあった刺青を……。

「まぁ、もうわかるよな」

コタロウはかすかに笑ったように見えた。

「それがエースやった。あいつはヨダが捕まったあとにこの街に流れてきて、すぐに中心になっていった。俺は死のうとしてたことなんて忘れてエースと絡むようになって、でもあの店でのことは二人だけの秘密で、俺はそれで満足やった。たまに二人で会って、また俺が俺だってことを教えてくれる。それで幸せやった。そのあとしばらくしてハルがこの街に来て、ずっとあとにお前が来た。このまま……このまま時間が止まればいいのにって思っとった」

なのになぁ、あの日……とコタロウが言った瞬間、それが高田馬場近くの路地でのことだとわたしにはわかった。

「もう終わらそうって、あいつ言ったんや。子ども生まれた自分にはもうこういうことはできないってな。これまでのことはナシにして、楽しくやってこうって。俺な……その言葉聞いたときにな、なんかな、エースが教えてくれた本当の自分ごと否定されたみたいな……そんな気がしてな……」

そこまで言って、堰が切れたようにコタロウは泣き始めた。

ハルはずっと黙って、俯いている。

「ご……ごめんなぁ」

子どものように嗚咽しながら、コタロウが言葉を絞り出そうとする。

「あいつのこと……お前も好きやったよな……。懐いとったもんなぁ……みんなあいつのこと好きやった……のに、なのに、俺が……」

「違うよ」

落ち着いた声だった。

「エースは悪い奴だったんだよ。だから殺したんだよ」

ハルは俯いたまま、ただ、握りしめた拳だけが震えて見えた。

「だってずるいじゃん。あんたの心、弄んだってことじゃん。そんなのナシにできるわけないじゃん。自分だけ結婚して、子ども生まれて、幸せになっていって……結局ほかの大人たちと一緒だったんだよ。わたしたちを食い物にしてる奴らとなんも変わんない――」

「大丈夫だよ」

わたしは、その震えたハルの拳を手で包み込んでいた。

「間違ってない。ハルも、コタロウも、なんにも間違ったことなんかしてない」

たとえそれが、全世界から否定されようとも、わたしは思う。

「逃げよう、三人で。もう警察とかなにかつかんでるかもしれない。だったらこの街にいるのは危ない。三人だったらどこでも大丈夫だよ。どこにいっても、そこをわたしたちの王国にできるよ」

ふっ。

ははは。

突然、コタロウが泣きながら吹き出し、ハルも笑う。

「え、なに……なんか変なこと言った？」

ハルが首を振る。そして、とても優しい目を向け、

「つよくなったね、ジウは」

と言ってわたしが握りしめていた手をぎゅっと握り返す。

「逃げよう、三人で。どこまでも。うちらだったら、三人だったら……大丈夫だもんね」

わたしたち三人は、この部屋での最後の夜を同じベッドで過ごすことにした。

すぅ、すぅ、というハルの柔らかな寝息。子犬みたいに身体を丸めて動かないコタロウの寝相。ここからどこへ行くのか、そんなことはどうでもよかった。わたしは、この三人で一緒にいることができたら、それでよかったのだ。


空の錠剤の瓶にねじ込んでいた残りのお札二枚を手に、最低限の荷物でホテルを出る。

ハルはハワイに行きたいとごねていたが、お金もパスポートもないわたしたちが行けるはずもなかった。電車とヒッチハイクで大阪か神戸を目指しつつ、そこでお金を貯めて九州へ渡ろう。うまくいけば沖縄とか、小さな離島まで。

とにかくまずは東京から離れる。

それが三人で考えたプランだった。しばらくの間は同じ場所に留まっておくのは危ない。お金は稼げる。わたしたちを買う大人たちはどこにだっているんだから。あまり人のいない場所で警察から身を隠しながら、また王国をつくる。黄金じゃなくていい。灰色でも、いや、色なんてなくても、三人の王国をつくる。

そう決めたはずなのに、目を覚ますと、わたしはベッドにひとりだけだった。

天井の染みが、ひとりのわたしを見ていた。もうなんの形にも見えなかった。それは天井を汚す、ただの染みだった。

身体を起こすと、置いていかれたんだ、というその事実がどっと心臓を揺らす。

なんで？

なんで？

なんで？

三人で逃げるって約束した。

ずっと三人でいるって言った。

怒りなのか憎しみなのか、それとも悲しみなのかわからない感情で胸がただれそうになる。抜け殻みたいに力の抜けた足を床に着けた。鏡台の鏡には歪んだわたしの顔が映っていた。「つよくなったね」というハルの言葉がよぎって台にあったテレビのリモコンを鏡に投げつけようと手を伸ばす。リモコンの隣には備え付けのメモ帳があった。

そこに目がいって、全身が固まる。

ずっとわすれないでね

メモ帳にはそう書かれていた。

ハルの、下手くそな字がこぼれた涙で滲む。まだだ。まだ間に合う。ハルとコタロウに電話をかけたがどちらも電源が切られている。

まだだ。

もう一度言い聞かせる。ベッドには二人のぬくもりがかすかに残っていた。そう遠くにはいってないはず。そもそも、始発電車も動いてない時間。錠剤の瓶のお札はそのままになっている。

これまで、何人の男がわたしの身体に入ってきただろう。でも、その誰一人として顔を思い出せない――ずっとわすれないでね？　忘れられる訳ないじゃん。こんなに深く、深く、この心に入ってきてくれた人を。わたしの心はハルでコタロウ。ハルとコタロウは、わたしの心。永遠に離れたくなかった。三つに別れている肉体が邪魔で呪わしかった。昨日、寝る前に三人一緒に死ねばよかったんだ。そう思いが至って、はっとした。

わたしは慌てて部屋のカードキーを手に扉のドアノブへと手を伸ばした。違う。絶対に違う。でも……。そのときダンダン、と激しい音が扉の向こう側から鳴り響いた。

ハル!?　コタロウ!?

真っ暗闇に一閃の光でも射し込むような予感を込めて、わたしはドアノブを握りしめ体重を懸けようとした。けれど、聞こえたのは知らない人の声。

「通報があってきた新宿警察署の者です、ドアを開けてください！」

苦しくて息もできず、ただ唇がかすかに震えてるのがわかった。ねぇ。ねぇ。今二人はどこいるの？　なにを考えてるの？　わたしだけじゃ、無理だよ。もう、わたしはわたしだけじゃ生きれない身体になっちゃったよ？

ねぇ。ダメだよ……お願い、置いてかないでよ――。


王国の扉を開けたわたしは、入ってきた警官たちに補導され、署まで連れていかれた。〈守ろうよ　わたしの好きな　新宿を〉というスローガンの貼ってある建物は、それ自体が大きな牢獄のように見えた。スマートフォンなどの私物は没収。名前は？　家は？　あそこでだれと宿泊してたの？　規則的なリズムで質問を投げてくる警官。どこかで見たことがあるなと思っていたら、昼間にバッティングセンターで球を打っていた男だった。

「あの……通報って、誰からなんの通報があったんですか？」

手元のノートに落としていた目をちらっと上げて、男は「そういうのは言えない決まりになってんのよ」と答えただけだった。

「なんでかなぁ。君らはその、あんな……」そこでなにかを飲み込んだみたいに、

「まぁ、いいや」

と言って、男は開いていたノートをパタン、と閉じた。

それから署内の休憩スペースで時間をつぶし、完全に朝になるのを待って、わたしは警察署に併設された一時保護所へと移された。

さっきの男ではない、女性の警官の後ろについて廊下を歩いていると、

「お母さん迎えに来てくれるって。よかったね」

「え？」

「新幹線でいらっしゃるそうだから、それまで待っててようね。久しぶりにお家帰るんでしょ、美味しいご飯いっぱい食べれるといいね」

言葉を探したけれど見つからず、俯くしかなかった。「帰る」という言葉に猛烈な違和感。連行。拉致。そういう言葉のほうがしっくりくる。家に戻されたら、わたしはまた「おとうさん」とのあの日々が始まる。補導。保護。なんでわたしが、わたしたちがそれぞれの場所からこの街へと流れついたのか。

目の前で薄ら笑っているこの女性は考えたことあるのだろうか。いや、もし実際にそう

尋ねたら、この人は「ある」と自信満々に答えるような気がした。そしてそれは、十年後、二十年後のわたし自身の姿なのかもしれない。

「ここでしばらく待っててね」

女性の警官によって開かれた扉を、わたしはくぐった。

その部屋の壁は真っ白で、天井には染みひとつなかった。

シングルベッドがひとつ、あとは机と椅子が、六畳くらいの無機質な空間に並んで、丸い時計がチッ、チッ、と秒針を刻んでいる。わたしは床にうずくまってた。

溢れてくるのはわたしたちの王国で過ごした時間ばかりだ。コンビニのお弁当。Ｖａｕｎｄｙの曲。メジコンの錠剤。ストロングゼロ。床に散らばった服。汗の匂い。声。泣いてるコタロウの声。笑っているハルの声。ぬくもり。シーツの。触れ合う肌の。赤い血の。滴る血は、わたしたちの心臓の温度だ。腕に残ったリストカットの傷、その痛みが、わたしたちの証拠。

扉がノックされた。

「山口さーん、山口今日子さーん」

「はい……」

小さく答えると、「お迎え来たよ」そう保護所のスタッフの声がした。

いつか、どこかで、わたしはこのような場面を経験したことのあるような気がする。今より、ずっと幼い頃。みんないなくなって、ひとりぽつんと待っていた保育園でかもしれないし、もう潰れてなくなった、服から電化製品までなんでも揃っていた黄色い外壁のデパートで迷子になったときかもしれない。

そんなことを、赤く点滅した監視カメラが見ている薄暗い廊下を歩きながら思った。けれど、それらのときと絶対的に違うのは、わたしは、わたしの意思でこの街まで来たこと。面会室に通されると、透明のアクリル板を隔ててお母さんがパイプ椅子に座っていた。「おとうさん」の姿はなかった。

パイプ椅子にわたしも腰を下ろす。ぎしっと、軋む音がする。

お母さんは窪んだ目をふわふわ動かして、わたしと視線を合わせずに「東京なんて何十年ぶりで……」と少し恥ずかしそうにこぼす。

「東京?」

「うん。あんたが産まれる全然前、短かかったけど、ちょっとだけね、住んでた」

「あ、へぇ……」

そうなんだ。わたしがここでどんな思いを、どんな時間を過ごしてたのか知らないように、わたしもこの人がどんな人生を送ってきたのか、自分が物心つくより前のことはよく知らなかった。親子なのに。いや、親子だから？　戸籍上一番近いはずの人が、その距離と同等に近い存在だと感じていた記憶は遥か遠い。

わたしがほしかったものはなんだろう。一番ほしいと思っていたものが、わたしには手に入らないと諦めたのは、いつだったのかな。

「警察の人とは話したから。帰るよ」

わたしは、目の前に座っている人に、お母さんに、こちらを見てほしいと思った。その感情を、感情として自覚した瞬間、急に顔中が熱を持った。鼻の奥のほうから、生暖かいものが目に向かって溢れそうになるのをこらえる。ずいぶんと長い間、なかったことにしていた懐かしい痛みが胸を刺してくる。

「……帰らないって、言ったら？」

「帰らなきゃ、どうするの」

窪みには深い、木目みたいな皺が走って、それを覆い隠す化粧が細かく粉を吹いている。

細い睫毛《まつげ》に縁取られた温度のない瞳はやっぱりふわふわと、わたしの視線上に沿うことはなかった。帰ってきてと泣いて懇願されることも、なんで家を出たのと大声で怒鳴られることもないんだろうな——じゃあなんで、迎えにきたの？　それを聞くのが恐かった。聞いてしまったら、わたしはこなごなに砕けてしまうかもしれない。こんなになっても、わたしはまだこの人になにかを期待している。馬鹿らしい。一生やってこない親鳥を巣で待ち続けている雛みたい。ピーピー啼《わめ》くだけで、訪ずれるのは巣から落ちるか、蛇やカラスたちに食われるかの運命だ。馬鹿らしい。

わたしは、もう、違う。

「そう、だね。ごめん」

この言葉が、保護所から出される決め手となった。

ホテルから持ってきたリュックとスマートフォンを返してもらい、お母さんと外に出た。日射しがつよかった。煙草は返してもらえなかった。新宿駅西口方面へと歩きながら、切れていたスマートフォンの電源を入れ直しＬＩＮＥを開いたが、ハルからもコタロウからもメッセージは届いていない。

「途中で逃げたりしたらダメだよ」

保護所を出るときスタッフから言われ、わたしは素直に頷《うなず》いた。逃げるつもりなんかそもそもなかったし、逃げるといってもどこに行けばいいのかわからなかった。

街はいつもと変わらない。

この街は人がたくさんいて、うるさくて、臭くて、空は狭くて、物に溢れてて、でもこの手に届くものはほとんどなくて、毎日ひどい気分だった。

今、わたしはそこから、生まれ育った場所へと帰ろうとしている。

それなのにどうして。「帰る」のではなく、「連れて行かれる」という気持ちしかなかった。そう、わたしは連れて行かれるんだ。魂の地獄へ。生きるために、わたしは魂を殺す。辛《つら》いも悲しいも嫌も汚いも感じたら生きれない場所に、わたしは連れ戻される。

駅前、ロータリー近くの横断歩道で信号待ちをしていた。ランプが赤から青に変わる。溜まっていた人波が一斉に交錯しながら前へと進んでいく。改札を入り、新宿駅からＪＲで東京駅へ。そして新幹線に乗り換えれば、そこはすぐ――。

「ジウ！」

声が聞こえ、立ち止まった。

後ろからおろおろ着いてきていたお母さんが、わたしの背負ったリュックにぶつかり不思議そうな顔をしている。その顔のずっと先、さっき渡った横断歩道の向こう側で行き交う人々の中、ササキがブンブンと手を振っている。

伸びた髪を乱し、整った白い歯を剥き出しにして、ぐしゃぐしゃな表情でササキは叫ぶ。

「楽しかったなぁ！　なぁ、楽しかったよなぁ！」

なんであんたが泣いてんのよ。

ササキは、いつまでも手を振っていた。雑踏はササキを無視するように、それぞれが、それぞれの行くべき場所に向かって歩いていく。


新幹線は、本当に時速百何十キロで進んでるのか疑わしいほどぬるっとした感じで進んでいる。でも間違いなく、外の景色は物凄いスピードで流れていた。トンネルに入るとき、巨大な壁をぶち壊すような音が、分厚い窓を通して車体全体を揺らす。

わたしは窓際の席でリュックを膝の上に抱えるよう座っていた。

隣で、お母さんは眠っている。トンネルの中は暗い。抱えていたリュックの底に手を入れ、カッターをつかみとる。

新宿の自動改札をくぐってすぐ、ササキからＬＩＮＥでとある動画のＵＲＬが送られてきていた。動画を再生すると、とある男女二人組が、とある雑居ビルの屋上で、おそらく酒と薬でバキバキにキマっていた。二人はスマートフォンのカメラに向かって虚ろな目で笑い、楽しそうにピースして見せる。そして、「やっと終わるね」と女が男に語りかけ、男は「せやなぁ」としみじみ答える。

「じゃ、いこっか」

二人は屋上の淵に立つ。背景は黒々としてなにも見えない。

街の明かりも、星の光も。ただそこに、二人は立っている。

いくよ。せーの。そう声がして、二人は消えた。残ったのは、まっ黒い闇。

いっちゃったのか。お母さんはまだ寝息を立てている。疲れてたんだね、と思いながら、音を立てないよう、わたしはカッターの刃を伸ばしていく。

血の痕がこびりつき固まった刃先を首に充てがう。ひんやり、気持ちいい。

通路を挟んだ反対側の席に座る、小さな女の子と目が合った。わたしは微笑みかけ、片目を閉じウインクすると、その子も真似して微笑んでくれた。

それから時間をかけ、ゆっくり、ゆっくり、息を吐く。

新幹線は長いトンネルを抜けた。

窓からまぶし過ぎる光が押し寄せて、わたしを飲み込む。

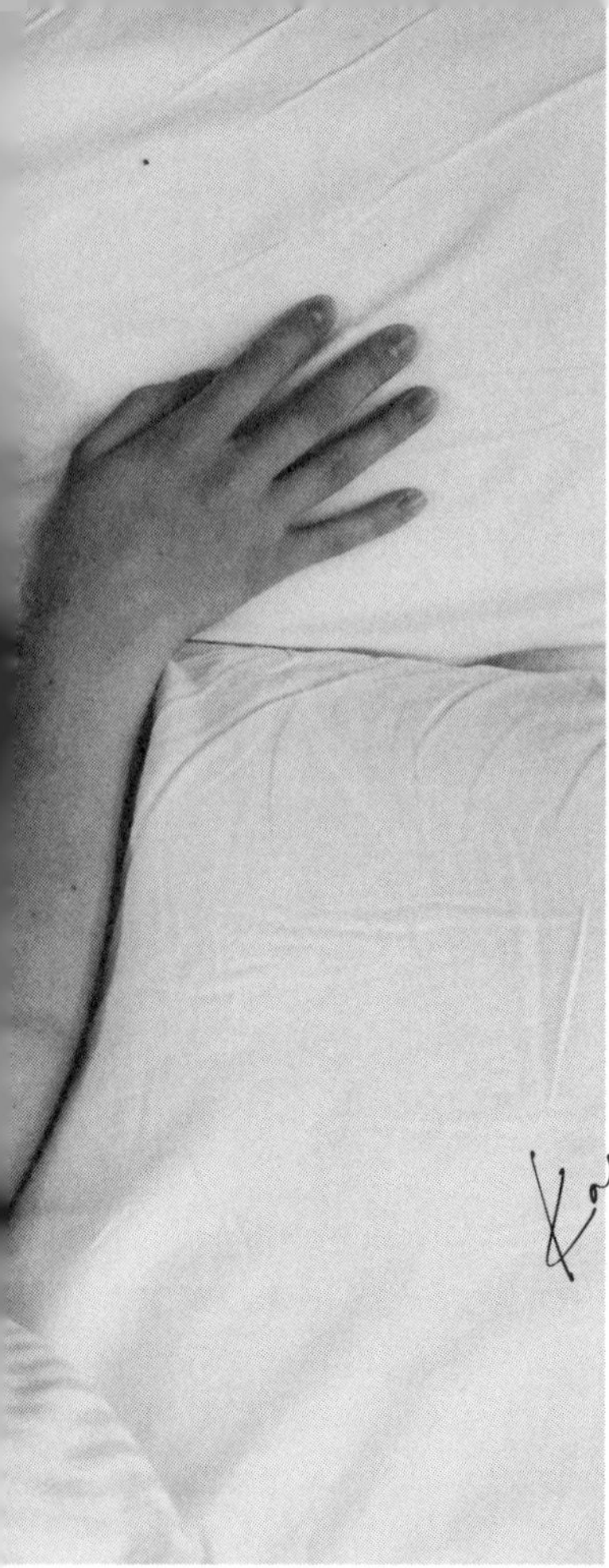

Kanashimi ni oboreru